Christian Böhm
Löwenjagd

PIPER

Zu diesem Buch

Eigentlich sollte es ein ruhiger Abend werden, mit einer Flasche Brunello und der Netrebko hoch über den Dächern von Wasserburg. Doch dann läutet es Sturm, und vorbei ist es mit Johann Watzmanns gemütlichem Provinzdetektivleben. Denn im Aufzug vor seiner Wohnungstür haucht gerade ein Mann sein Leben aus. Das Messer im Herzen und das strömende Blut lassen auf ein gewaltsames Ende schließen. Ein Anblick, der auch einen Detektiv nicht kalt lässt, zumal es sich bei dem Toten um einen guten Freund und den allseits beliebten Torjäger des TSV 1880 handelt. Beherzt untersucht Watzmann den Tatort und findet sich bald mitsamt dem Aufzug im Erdgeschoss wieder – in verdächtiger Zweisamkeit mit der Leiche und vor den schreckgeweiteten Augen seiner Nachbarin. In Christian Böhms ebenso spannendem wie amüsantem Debüt ermittelt Johann Watzmann in seinem ersten Mordfall vor der malerischen Kulisse der oberbayerischen Kleinstadt Wasserburg am Inn.

Christian Böhm wurde an einem verschneiten Dezemberabend 1976 im Bayerischen Wald geboren. Ein Umzug nach Wasserburg am Inn beförderte ihn aber bereits wenige Wochen später vom Nieder- zum Oberbayern. Den Spaß am Schreiben entdeckte er schon früh, den professionellen Feinschliff erhielt er an der Deutschen Journalistenschule in München. Nach »Löwenjagd«, seinem ersten Roman, erschien zuletzt mit »Tod am Inn« Johann Watzmanns zweiter Fall.

Christian Böhm

Löwenjagd

Ein Fall für Watzmann

Piper München Zürich

Mehr über unsere Autoren und Bücher:
www.piper.de

Mix
Produktgruppe aus vorbildlich bewirtschafteten
Wäldern und anderen kontrollierten Herkünften
www.fsc.org Zert.-Nr. GFA-COC-001223
FSC © 1996 Forest Stewardship Council

Ungekürzte Taschenbuchausgabe
August 2009
© 2007 Piper Verlag GmbH, München
Umschlag: Büro Hamburg. Anja Grimm, Stefanie Levers
Bildredaktion: Büro Hamburg. Alke Bücking, Sandra Schmidtke
Umschlagfoto: creativ connect / Karin Huber, München
Autorenfoto: Svenja Naudszus
Satz: psb, Berlin
Papier: Munken Print von Arctic Paper Munkedals AB, Schweden
Druck und Bindung: CPI - Clausen & Bosse, Leck
Printed in Germany   ISBN 978-3-492-25414-4

»Der Deutsche ist kein Brasilianer.«
BERTI VOGTS

Für die Netrebko Anna

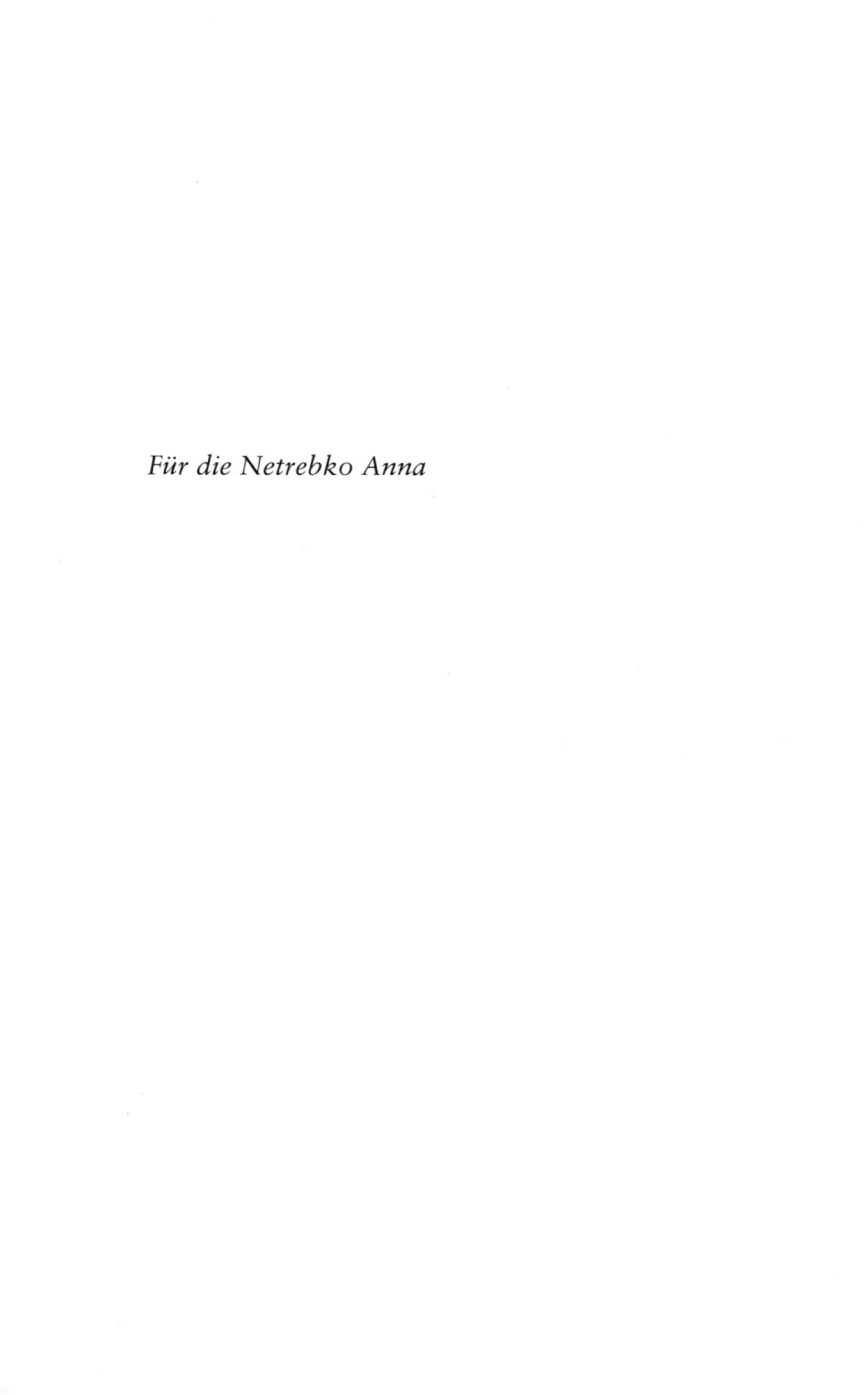

1

Seit meinem zwölften Lebensjahr bin ich jetzt schon Detektiv. Ausgelöst wurde die Karriere durch das Geburtstagsgeschenk meines besten Freundes und Fußballsturmkollegen Rudi: ein Yps-Heft mit Geheimagentenausweis als Gimmick. Tarnname Blondi, Geheimcode 7700. Ich fühlte mich nicht nur wie James Bond, ich war James Bond. Zumindest die oberbayerische Variante ohne die berühmten Girls und Aston Martins.

Der erste Einsatz führte mich noch am Geburtstagspartyabend – weil ich den Verdacht schon lange gehegt hatte – in die Niederungen der heimischen Wirtschaft. Jemand musste die Drecksarbeit ja machen, und ich fühlte mich berufen.

Hinter der Baufirma am Ortsende vermutete ich ein undurchdringliches Netz an Tarnfirmen, deren einziger Zweck natürlich Geldwäsche war. Der Ausweis brachte endlich die für detektivische Ermittlungen erforderliche Autorität, und Geldwäsche faszinierte mich schon lange, freilich ohne dass ich wusste, wozu diese Form der Wäsche taugte und wie sie funktionierte. Den kriminalistischen Fachausdruck hatte ich im Fernsehen vom Privatdetektiv Matula aufgeschnappt – der neben Miss Marple und Perry Clifton mein großes Vorbild war – und direkt in meinen Wortschatz übernommen.

Bis weit nach Geschäftsschluss lag ich mit Heuschnupfen und dem Opernfernglas meiner Tante auf der Lauer. Hinter und teilweise auch in der Hecke, die das Firmengrundstück umgab. Dabei protokollierte ich alles, was verdächtig schien. Also praktisch alles. Denn konstruktives Misstrauen ist die Berufskrankheit Nummer eins unter Detektiven. Wie hätte Gott sonst den Adam und seine schöne Frau Eva bei der verbotenen Apfelernte stellen können? Kombiniere: Gott – erster urkundlich erwähnter Detektiv der Literaturgeschichte. Nachzulesen weit vorne in der Bibel.

In punkto Geldwäsche – um den Faden wieder aufzunehmen – dienten die ausfahrenden Baulastwagen meinem Credo zufolge nur einem perfiden Zweck: möglichst unauffällig und selbstverständlich heimlich Waffen, Drogen oder Menschen für Gaunerbanden wie die Mafia zu transportieren. Ich glaubte an Geisterzüge, die auf unterirdischen Gleisen verkehrten. Aber auch da war der Fantasie-Gaul mit mir durchgegangen. Angetrieben von meiner Fünf-Freunde-Sammlung, deren einundzwanzig Folgen ich zu jeder Tages- und Nachtzeit auswendig hätte aufsagen können, was aber leider nie verlangt wurde. Schon gar nicht in der Schule, wo jedes Jahr aufs Neue die alten Klassiker plötzlich wieder modern waren: Zauberlehrling, Glocke, Erlkönig und all die anderen kulturellen Vermächtnisse der altvorderen Poeten.

Die Hörspielabenteuerkassetten der wunderbaren

Enid Blyton schlug ich später in den Wirren der Pubertät auf dem Flohmarkt und in Dachboden-Privatauktionen für ein Paarmarkfünfzig wieder los oder tauschte sie gegen Bravo-Hefte ein, weil der Dr. Sommer schon immer gute Tipps auf Lager hatte. Sehr zu meinem Leidwesen hier und heute, rund zwanzig Jahre später, weshalb das aufgeklärte, aber ewige Kind im Manne bei eBay einige Euro über Realwert für die alten Tonträger von Europa bietet. Pro Folge oft mehr als nur den einen Zehner. Warnung: Im Internet versteigernde Kinder sind Halsabschneider, Heuschrecken vergleichsweise Linksparteianhänger.

Was ich trotzdem aus jenen detektivisch gesehen eher erfolglosen Jugendtagen – weil meine Baufirma offensichtlich doch keine Kontakte zur Mafia pflegte – in die Gegenwart herüberretten konnte, ist meine Leidenschaft für alles Detektivische. Genau aus dem Grund prangt an einem mit viel neu- und noch mehr altmodischem Schnickschnack ausgestatteten Ladenlokal in der Wasserburger Innenstadt, in der ich mittlerweile arbeite und wohne, ein Messingschild mit dem wohlklingend altbajuwarischen Namen Watzmann. Ich heiße Johann Maria, meine Freunde sagen aber Sherlock, Sherlock Watzmann, Privatdetektiv. Ermittlungen aller Art. Ich bevorzuge Joe. Sprich: Jo. Und so halte ich meine Detektei als Johann, Sherlock oder eben Joe, sprich: Jo, seit mittlerweile auch schon wieder gut fünf Jahren vor allem durch Eifersüchteleien über Wasser.

Beschattungen von untreuen Ehegatten und Gattinnen, Freunden und Freundinnen, Parteifreunden und Parteifeinden zählen für mein Detektivkleingewerbe zu den Haupteinnahmequellen, die immerhin so ergiebig sprudeln, dass ich mir eine Sekretärin leisten kann. Halbtags. Einmal in der Woche einen halben Tag, um es genau zu sagen. Denn ehrlich währt am längsten.

Meine kleine Geldeintreiberin nenne ich Julia – Moskau Inkasso Weichspüler dagegen. Julia selbst nennt sich am Telefon und auf ihrer Visitenkarte »Vice President für die Abteilung Forderungsmanagement«. Ich lasse ihr das durchgehen, weil ich sie und ihre Geschichte sehr gut kenne. Früher arbeitete sie als gefragte Investmentberaterin in Hosenanzügen von Prada in der Großstadt und war dabei eine von den modisch und intellektuell weit Führenden. Bis die große Blase platzte und die New Yorker Bankzentrale in Frankfurt sie auf die Straße setzte.

Den weiten Weg nach Wasserburg am Inn war sie ja dann auch nur ihrer großen Liebe wegen gegangen. Die bescherte ihr zweimal Zwillinge, drei Buben und ein Mädchen, und naturgemäß den Gatten, den ich beim Fremdgehen in flagranti fotografierte. Dessen letztem Seitensprung folgten schmutzige Szenen einer zu Ende gehenden Ehe vor dem Scheidungsrichter und ungute Schlagzeilen in der Lokalpresse. Weil der fremdgehende Hallodri nicht nur als Präsident des Fußballclubs amtierte – Aufstieg in die Landesliga plus noch größere Ambitionen –, sondern auch als Sohn einer berühmten Wasserburger Diva, die in den sechziger und frühen siebziger Jahren beachtliche Erfolge auf der Leinwand gefeiert hatte. Stichwort: Heimatfilm. Später drehte sie noch Filme mit Juckreiz in der Lederhose. Aber das ist jetzt nicht unser Thema. Schwamm drüber.

Man muss kein Hellseher sein: Das Detektivgeschäft ist schmutzig. Also dusche ich mich jeden Abend. Duschen um des reinigenden Charakters willen, praktisch Katharsis. Es symbolisiert, ohne etwas hineinpsychologisieren zu wollen, das Abwaschen des Kleinstadtdrecks nach verrichtetem Tagwerk. Duschen ist mein Zen, Yoga und Feng Shui in einem Aufwasch.

Lange Zeit führte ich auf diese Weise ein gemütliches Provinzdetektivleben, jedenfalls eines ohne viel Stress und große Hektik. Bis zu diesem seltsam verregneten Frühsommerabend vor ein paar Wochen, als ich gerade aus der Dusche kam, die Netrebko als Violetta, sprich: Traviata, in den DVD-Spieler einspeiste, eine Flasche Brunello bis zur Hälfte leerte und es an meiner Wohnungstür Sturm läutete.

Seitdem sehne ich mich vierundzwanzig Stunden am Tag und selbst noch während der nachtschlafenden Stunden nach der guten, alten Langeweile – aber Erfolgserlebnis: totale Fehlanzeige.

2

Für jemanden aus Griesstätt oder Eiselfing ist Wasserburg eine Stadt mit allem, was zu einer Stadt dazugehört: Kopfsteinpflaster, Parkhäuser, Bücherläden, Apotheken, Burgerstuben, Würstelbuden und für die Gaumenfreunde internationaler Küche fünf Italiener und sogar ein Edelitaliener. Für jemanden aus München ist Wasserburg aber dunkelste Provinz, Stichwort: Bauernkaff, respektive Kuhdorf. Gerade gut genug, um am Sommerwochenende mit Motorrad und Cabriolet in die Altstadt einzufallen, schnell in der Sonne einen Cappuccino auf dem Marienplatz zu genießen oder ein Eis im Venezia, das die Einheimischen Vau abkürzen. Dann weiter zum Chiemsee und Dampferfahrt zur Fraueninsel mit anschließendem Einkehrschwung ins Yachthotel. Dort Renken aus dem bayerischen Meer, Riesling aus Franken und zum Nachtisch den letzten Macchiato des Tages. Oder aus hippen Retrogründen einen gewöhnlichen Kaffee mit viel Milch und Zucker.

Dabei rühmt sich der Münchner, egal, ob aus dem Glasscherbenviertel oder Villenstadtteil, sprich: Bunnyhill oder Bogenhausen, bei jeder sich ihm bietenden

Gelegenheit, beispielsweise der Oberbürgermeister vor der Fernsehkamera, er lebe in der praktisch schönsten Stadt der Welt, weil nördlichste Italiens, die er so gut wie nie und wenn dann nur ungern verlasse. Weltstadt mit Herz in Kurzform. Nonplusultra in Sachen Städtebau und keine Hochhäuser mehr dank Bürgerwillens. Wenn aber eine Stadt im Freistaat wirklich von sich behaupten darf, sie habe was vom Italienischen, dann ist das Wasserburg. Bunte Häuser, schattige Arkaden, gemütliche Lokale, dunkle Katakomben, süßer Kaffee und der richtige Anteil Schokolade im Stracciatella-Eis. Gino Ginelli würde sich hier sicher wohl fühlen. Genau wie ich.

Der Fairness halber muss ich hinzufügen, dass einer der Wasserburger Italiener gar kein echter Italiener ist, sondern bloß Aushilfsitaliener. Im Imitieren von südländischen Akzenten spielt der Stanislaus aber Champions League. Und so glaubt der Tourist dem Bruno, wie sich der Stanislaus beruflich nennt, den italienischen Wirt ohne jeden Argwohn. »Ciao, bella. Come stai? Baci. Grazie. Signorina. Vino bianco ausse bella Italia. Pinot Grigio. Molto bravo. Antipasti misti?«, sind dem Stanislaus seine Lieblingsfloskeln. Die Mimik und Gestik vom echten Italiener, also das Mit-der-Hand-in-der-Luft-Herumfuchteln, beherrscht er mindestens genauso perfetto.

Abgesehen von den Italienern, so als kleiner Gastrotipp am Rande, sind der Balkangrill und natürlich die echt bayerischen Lokale zu empfehlen. Das sind gemütliche Wirtshäuser mit Biergärten und Hausmannskost. Auch wenn ich mich, wenn ich gerade wieder an den servierten Portionen verzweifle, manchmal frage, was das genau sein soll – Hausmannskost. Meine Vermutung: Riesenschnitzel mit einem Berg Pommes oder Schweinsbraten mit vier Knödeln, also Menge als entscheidender Parameter. Ich selber esse seit einiger Zeit ja nur noch vegetarisch.

Einen kochenden Hausmann trifft man in Wasserburg eher selten, weil natürlich katholisches Bayern. Und dort macht die Frau in der Familie, sprich: zu Hause, Karriere. Deshalb ärgert sich auch die christliche Fraktion vor, während und nach jeder Stadtratssitzung, dass seit der letzten Kommunalwahl ein Patchwork-Sozi den Bürgermeister in ihrem gotischen Rathaus gibt. Aber rote Hochburg hin oder her, in Wasserburg stehen die Hausmänner eindeutig unter Artenschutz. Nur der Deutschlehrer vom Gymnasium, so einer mit langen Haaren und Zivildienstvergangenheit, vom Typ her klassischer Frauenversteher, ist vor Jahren mal wegen seiner Babypause und der Karriere seiner Frau als Bundestagsabgeordnete weit über den Gau hinaus berühmt gewesen. Bayerischer Rundfunk, Süddeutsche Zeitung, Lokalpresse. Das war eine Hektik!

Und ich war mittlerweile auch ein bisschen hektisch. So spät noch Besuch? Ausgerechnet. Wo sich die Netrebko auf meinem neuen LCD-Ultraflachbildschirm gerade so schön freimachte als Violetta, sprich: Traviata, in der Salzburger Festspielinszenierung mit den ganzen eingeflogenen Prominenten. Aber singen kann die. Nicht dass ich viel von Gesang verstehe oder vom Leben einer Sopranistin. Die Netrebko Anna ist in meinen Augen einfach nur ein klassisches Gesamtkunstwerk, das sich mit keiner zweiten Sängerin in der

Welt der Opern vergleichen ließe. Schon gar nicht mit der Duettpartnerin vom Freddie Mercury beim Olympialied für Barcelona. Ich bin da vielleicht ein bisschen oberflächlich. Schwamm drüber.

Weil das Klingeln aber nicht nur lästig war, sondern gar nicht mehr verstummen wollte, musste ich mich dann doch noch vom Fernseher trennen und die Ledercouch verlassen. Bekleidet mit einem schwarz-weiß gestreiften Pyjama über der nackten Gänsehaut, wartete ich im Flur vor meiner Wohnung auf den Ruhestörer.

Vielleicht, überlegte ich, war schon wieder Hochwasseralarm ausgelöst worden. Wegen des Regens und des Flusses, der um Wasserburg eine Schleife zieht. Nur zum Sandsäcke-Schleppen und Keller-Auspumpen braucht die Feuerwehr keinen Detektiv mit einem Freischwimmerabzeichen in Silber, dafür haben die ja eigens ausgebildete Freiwillige. Und die sind im Wasser in ihrem Element. Stichwort: Floriansjünger.

Ich selber logiere ohnehin im fünften Stock, ganz oben unterm Sichtdachstuhl in einem Turm gleich neben den Überresten der Stadtmauer. Mit einer Traumdachterrasse und einem Traumblick über die Dächer von Wasserburg. Wie ich mir das als Detektiv leisten kann, erkläre ich später. Denn jetzt musste ich fast ein wenig zwanghaft mit einer unguten Vorahnung in der Magengrube die Stockwerkanzeige des Aufzugs auf dem gusseisernen Ziffernblatt verfolgen. Das mit der Vorahnung ist so eine Gabe, ganz dunkles Kapitel.

Erster Stock, zweiter Stock. Im dritten machte der Fahrstuhl eine längere Pause. Dann vierter, endlich fünfter. Ein dumpfer Ton und die Aufzugtür schob sich zur Seite.

Wenn du im Antreffen von Toten keine Übung hast, weil sich zum Beispiel deine Ausbildung zum Cop im New York Police Department als Träumerei herausgestellt hat, dann kann dir in so einer Situation schon mal schlecht werden. Aber sollte ich mich vor der eigenen Wohnung übergeben? Ich schlüpfte, ohne groß darüber nachzudenken, in den Aufzug. Augen zu und durch. Manchmal musst du dahin gehen, wo's wehtut.

Als ich gerade neben dem Toten kniete, dem ein Messer im Herz steckte, und nach seinem Puls tastete, setzte sich die Leiche ohne Vorwarnung auf. Ich wollte schreien, konnte aber nicht – Panikattacke lustiger Herzkasperl dagegen. Jetzt kann man sagen, ich sei ja ein schöner Detektiv. Einer von der ganz mutigen Sorte. Aber bis zu diesem Augenblick war ich eben nur ein Detektiv für Kleinigkeiten, nicht für Kapitalverbrechen.

Der Ermordete wollte noch etwas zu mir sagen. Also hielt ich mein Ohr ganz nah an seine Lippen. In dem Moment aber sackte er schon wieder in sich zusammen und hauchte den Rest Leben in einem letzten Atemzug aus. Als Kinder waren wir die besten Freunde gewesen. Und geniale Fußballsturmkollegen in der Traumtorfabrik des TSV 1880.

Zum Abschied hatte mir der Rudi mit seinem eigenen Blut noch eine Karikatur auf den Spiegel im Aufzug gemalt. Er hatte seinen Dan Brown gelesen.

Ich beschloss sofort, den Schmerz zu verdrängen, und aktivierte im Gegenzug alle kriminalistischen Instinkte, quasi Übersprungshandlung. Im Eiltempo untersuchte ich den Leichnam, möglichst ohne Spuren zu verwischen. Das kennt man ja aus dem Fernsehen, dass die ganz Wichtigen in ihren weißen Overalls immer gleich genervt sind, wenn der Kommissar am Tatort auftaucht und ihnen alles durcheinanderwirbelt. Heutzutage fühlen sich die Tatortermittler als die wahren Detektive, sprich: CSI: Miami. Da kannst du als Inspektor noch so ein gerissener Hund sein, die Mordfälle lösen die Laborratten, weil DNA und wissenschaftliche Methoden. Den klassischen Ermittler vom Schlage eines Derrick haben selbst die nostalgischsten Drehbuchschreiber in ihren Serien längst zu einem Seelendoktor für Arme degradiert – praktisch das Menschliche. Aber es stimmt schon: Wenn der Täter nicht gestehen will, dann hast du mit deinen altmodischen Verhörmethoden und deiner ganzen Psychologie kaum noch eine Chance, weil die Verbrecher von heute mindestens so clever sind wie die Polizisten von gestern. Und falsches Alibi ist selbstverständlich Ehrensache.

Vertieft in meine Untersuchungen merkte ich nur unterbewusst, dass der Aufzug mittlerweile wieder auf dem Weg nach unten war. Und im Erdgeschoss wartete die Frau Mayer, die es sehr eilig hatte. »Wahnsinniger Druck auf der Blase«, gab sie später zu Protokoll. Ich darf mich nicht beschweren, dass nur Minuten später die Uniformierten mit Handschellen ankamen. Die Mayerische hatte ja auch nur aus Bürgerpflicht sofort die Polizei gerufen, als sie den Rudi und mich so lustig beieinandersitzen sah. Ich mit der Hand am Messer. Der Rudi mit dem Messer im Herz.

»Du bist festgenommen, Sherlock. Mordverdacht«, klärte mich der Polizeiobermeister Gabriel coram publico genüsslich auf und konnte sich dabei ein Grinsen nicht verkneifen – alte Rivalität zwischen Staatsmacht und freier Wirtschaft.

In so einer Situation hoffst du als Detektiv auf deinen Freund, den Teufelsadvokaten. Aber weder bin ich Werbeträger einer Rechtsschutzversicherung noch Anwalts Liebling und schon gar nicht so schlau wie der feine Herr Matula. Denn der Josef würde jetzt einfach kurz die Helga im Frankfurter Büroturm anrufen, und keine zehn Minuten später springt der geniale Rechtsverdreher schon bei der Polizei im Zickzack.

Mich aber steckten sie in eine fünf Quadratmeter große Zelle ohne Ausblick.

3

In so einer Zelle ohne Ausblick hat man viel Zeit, um über sich und sein Leben nachzudenken. Kein Fernsehen, keine Playstation, kein gar nichts. Und dann kommt unweigerlich das Larmoyante: Habe ich gelebt? Habe ich das Maximale rausgeholt? Bin ich ein guter Mensch gewesen? Wer wird weinen, wenn ich ins Gefängnis ziehe? Darf ich über Los gehen und viertausend Mark einstreichen? Was gibt's hier zum Frühstück?

Da bist du sehr schnell den Tränen nahe. Statt deiner Freiheit hast du nun dein Selbstmitleid, das aber nur für eine kurze Weile tröstet. Wahrscheinlich hätte ich in der Nacht sogar den Mord gestanden. Wenn sie mich, wie in den guten alten amerikanischen Polizeifilmen, weichgekocht hätten. In Wasserburg aber haben sie schon lange keine eigene Kriminalpolizei mehr, und die Rosenheim Cops, also die Kommissare aus der Kreisstadt, waren bereits seit Freitag Mittag im wohlverdienten Wochenende und erst ab Sonntag wieder für die Landkreis-Inspektionen verfügbar. Irgendwo zwischen München und Salzburg tobte angeblich der Bär, sprich: großer Polizeiball.

Ehrlich gesagt war ich aber mit meinem Leben nach eingehender Bilanzierung schon wieder recht zufrieden. Die Tante hatte mir ja nicht nur ihre Wasserburger Wohnung vererbt, sondern vor allem diesen Schlitten, einen Opel Diplomat Baujahr 1967. An den muss ich zur Depressionsabwehr nur kurz denken, Stichwort: Traumauto mit Wohlfühlgarantie, und schon sehe ich die Welt mit ganz anderen Augen: V8-Motor, 230 PS, von null auf hundert in weniger als zehn Sekunden, 206 Stundenkilometer Spitze, Lenkung und Scheibenbremsen mit hydraulischer Unterstützung, serienmäßig Nebelscheinwerfer, Polster, Echtholzeinlagen am Armaturenbrett, elektrische Fensterheber, von innen verstellbare Außenspiegel und Fußleuchten im Fond. Mit so einem, seinerzeit fünfundzwanzigtausend Mark teuren, Wagen kann man in der Öffentlichkeit natürlich einen guten Detektiv abgeben. Und etwas anderes wollte ich nie abgeben.

Trotzdem war ich nach der Bundeswehr zum Studium nach München abgehauen. Zunächst ein paar Semester Jura, wegen Vater, anschließend Medizin, wegen Mutter, ich hatte was Faustisches in mir. Aber faszinieren konnte mich weder das eine noch das andere so richtig. Deshalb folgte eine spontane Umschulung auf Anglistik mit Kriminologie und Literaturwissenschaft im Nebenfach. Gelesen habe ich schon immer gerne. Vor allem Kriminalromane. Das Blöde: Als Krimileser genießt der Student bei den Professoren keine Achtung, weil in deren Weltbild Krimis keinen literarischen Wert besitzen und die Herrschaften unterhalb von Thomas Mann sowieso nicht diskutieren. Selbst den Dürrenmatt lassen sie nur ungern gelten.

Das ist freilich eine Schande, weil der Schweizer Autor für die Literatur das war, was die Netrebko für die Oper ist – einzigartig. Ich sage nur: Der Richter und sein Henker. Der Verdacht. Die Panne. Das Versprechen – ein Requiem auf den Kriminalroman. Gekonnter hätte es Mozart nicht komponieren können. Von allen Detektiven ist der Kommissar Bärlach einer meiner liebsten. In seiner Menschlichkeit erinnert er an Maigret. Von altem Schrot und Korn, handelt nicht immer nach dem Buchstaben des Gesetzes, bevorzugt unkonventionelle Methoden, statt blind auf neumodische Techniken zu vertrauen. Bärlach folgt seiner Nase. Gegen alle Widerstände.

In meinen Nasenschleimhäuten machte sich der Duft dünnen Polizeikaffees breit. Die Zeiger der Armbanduhr legten sich gerade wieder in die Kurve. Es war kurz nach acht Uhr morgens. Ich hatte nicht viel geschlafen. Eine der Fragen, die ich mir in der Nacht gestellt hatte, wurde jetzt beantwortet: Tasse Kaffee, eine Semmel, Portionsbutter, abgepackte Marmelade. Nicht gerade eine Henkersmahlzeit. Ich sagte trotzdem »Danke«.

»Keine Ursache, Sherlock«, gab der Polizeiobermeister Gabriel zurück, der, soviel ich weiß, den Vor- und Nachnamen Gabriel mit sich herumträgt. Gabriel wie der Erzengel. Mit so einem heiligen Namen kannst du ja auch nur Polizeiobermeister werden. Gabriel Gabriel. Sinn für Humor muss seinen Eltern zugestanden werden, gewiss ein eher komischer. Schwamm drüber.

»Könntet ihr bitte den ewigen Sherlock weglassen«, fuhr ich den Obermeister an. Weil das ewige Sherlock nervte. Selbstverständlich zählen auch Holmes und Dr. Watson aus der Feder von Sir Arthur Conan Doyle, dem Torwart und Gründervater des FC Portsmouth, zu meinen literarischen Favoriten. Aber das hier war keine Fiktion, sondern Realität und keine sehr angenehme. Zur Erinnerung: Ich schmorte in einer grauen Polizeizelle, musste zum Frühstück billigen Kaffee aus einem Plastikbecher trinken und auf das Verhör mit den Kommissaren warten. Außerdem heiße ich Johann oder Jo, nicht Sherlock.

»Geht klar, Sherlock.«

Ich hatte, ehrlich gesagt, nichts anderes erwartet.

Den Tag verbrachte ich mit Zeitschriftenlektüre. Naturgemäß waren das nicht die allerneusten Nummern. Aber der Stern mit den Hitlertagebüchern ist auch ein schönes Heft. Sehr interessant, gerade unter historischen Aspekten. Oder die ersten Ausgaben des FOCUS. Damals wurde ja behauptet – manche sagen vom Verleger selber –, Deutschland brauche kein zweites Nachrichtenmagazin. Nur der Herr Markwort dachte an die Leser, sprich: Fakten, Fakten, Fakten.

Die Fakten in meinem Mordfall waren leider nicht ganz so eindeutig. Die Polizei, zumindest die Wasserburger Kollegen, hielten mich für den Messermörder, der ich aber nicht sein konnte. Das hätte ich ja gewusst. Fraglich war also, wer den Rudi wirklich abgestochen hatte. Vor allem, um welche Uhrzeit. War der Mörder mit meinem Kumpel im Aufzug gefahren? Ich erinnerte mich, dass der Lift im dritten Stock angehalten hatte. Die Frage aller Fragen aber stellte erst einer der Herren Kommissare: »Was hat Rudi Pasolini bei Ihnen gewollt?« Ich hatte keine Ahnung.

»Keine Ahnung«, sagte ich. Ich hatte wirklich keine und schalt mich, dass ich mir diese Frage nicht schon längst selber gestellt hatte.

Wir saßen in einem quadratisch kalten Raum auf unbequemen Eisenstühlen, die mit grünem, zerschlissenem Stoffimitat überzogen waren. Später Nachmittag. Endlich waren der Hauptkommissar Rossi und der Oberkommissar Valentin in Wasserburg eingetroffen. Sie ließen sich zunächst vom Gabriel die Sachlage schildern, lasen die Berichte, die Zeugenaussage von Frau Mayer und die Erkenntnisse der Spusi. Schließlich kam ich an die Reihe – der Hauptverdächtige im Mordfall Pasolini. Rudis Ur-Ur-Ur-Ur-Großeltern waren von Neapel aus- und ins Bayerische eingewandert.

Was hatte der Rudi gewollt?

Wir hatten uns schon Monate nicht mehr gesehen. Rudi war ja immer auf Torejagd für die Löwen gewesen. Jetzt Folgendes: Die Spieler vom TSV 1880 Wasserburg sind auch Löwen. Stichwort: Vereinswappen. Passenderweise wollten ihn die Sechziger nach ihrem Aufstieg in die Bundesliga als Sturmpartner von Peter Pacult verpflichten. Der Rudi aber hatte nach nur einem Tag Bedenkzeit dankend abgelehnt. Heimatgefühle lautete seine Begründung. Einer wie er wäre nie freiwillig aus Wasserburg weggegangen, nicht einmal zu seinem Lieblingsclub an die Grünwalder Straße. Ich für meinen Teil bin Fan von Rapid Wien. Mein Großvater mütterlicherseits, ein waschechter Wiener mit gleichnamigem Schmäh, hatte fast sein ganzes Leben als Platzwart in Hütteldorf geackert.

Rudi und ich waren uns im Laufe vieler Jahre auch nur eher zufällig in den Altstadtgassen über den Weg gelaufen, hatten dann aber regelmäßig im Vau oder Stechl Keller einen Gin Tonic getrunken, die Touristen beobachtet und über das Leben räsoniert. Ich über mein Detektivleben, der Rudi über sein Fußballer- und Berufsleben. Nach dem Abitur hatte er eine Lehre als Bankkaufmann begonnen und war gleich danach bei der Wechselbank in die Kreditabteilung eingestiegen. Vor knapp zwei Jahren war er wegen seiner Geschäftstüchtigkeit mit kaum dreißig Jahren zum jüngsten Filialleiter der Wechselbankgeschichte aufgestiegen.

In der vergangenen Saison hatte er noch öfters bei mir angerufen und gefragt, ob ich nicht wieder für Wasserburg stürmen wolle, weil die Herrenmannschaft gerade großes Verletzungspech und ein eklatanter Stürmer-Engpass plagten. Aber aktiver Fußball war zu der Zeit schon lange nicht mehr mein Leben. Ich kickte lieber auf dem Bildschirm, sprich: Spielkonsole, und eher unregelmäßig aus Spaß und reiner Freude in der Altherrenmannschaft des TSV 1880.

Für die Kommissare ließ ich genau das im Schnelldurchlauf Revue passieren. Ich erzählte ihnen, so viel ich wusste. Und war erstaunt darüber, wie wenig das im Grunde war. Ein paar Eckpunkte aus Rudis Leben, kaum Privates. Schon gar nichts Persönliches. Dabei hatten wir als Kinder alle Geheimnisse geteilt.

So wusste ich beispielsweise als Erster, dass sich der Rudi in der fünften Klasse in die Brandner Uschi verliebt hatte. Als sein Emissär verhandelte ich mit Klara, Uschis Busenfreundin, die Voraussetzungen für eine Beziehung: Wer wen fragen müsse, ob Küssen erlaubt oder sogar erwünscht sei und wie man damit an die Öffentlichkeit gehen solle. Das waren knallharte Vertragsverhandlungen. Klara schreckte vor keinem Trick zurück, war er auch noch so mies und schmutzig. Heute arbeitet sie als Generalbevollmächtigte, sprich: Lobbyistin, für die Dienstleistungsgewerkschaft in Berlin. Nachdem alles so weit geregelt war, durfte der Rudi die Uschi endlich fragen, ob sie mit ihm gehen wolle. Dass sie zustimmen würde, war verhandelt worden. Um aber nicht als naiv vor den anderen Freundinnen dazustehen, gaben wir der Uschi zwei Stunden Bedenkzeit. Trotz der langwierigen Vorbereitung hielt die Beziehung nur vier Wochen. Weil ein Junge aus der Mittelstufe die Uschi fragte, ob sie nicht lieber mit ihm gehen wolle. Und die Uschi war damals schon kokett, mehr als es erlaubt war. Rudi dagegen wollte das Liebesende nicht wahrhaben. Deshalb blieb die Uschi bis zum Abitur auch seine erste und einzige Freundin. Ich konnte den Kommissaren aber nicht sagen, ob er gerade jemanden gehabt hatte.

»Eine Frau Mayer...«, setzte der Hauptkommissar nun an, nachdem wir kurz in unseren Jugendgedanken geschwelgt hatten.

»... hat gesehen, wie ich den Rudi Pasolini erstochen habe«, formulierte ich den Satz zu Ende.

»Korrekt«, bestätigte der Oberkommissar.

»Und?«, war nun wieder der Hauptkommissar an der Reihe. Nur nicht zu viel Energie verschwenden.

»Aus Frau Mayers Perspektive würde ich das auch so sehen.«

»Dann können wir ja den Staatsanwalt informieren.«

»Nur zu, wenn Sie sich blamieren wollen.«

»Wieso blamieren?«

»Weil ich den Rudi nicht ermordet habe.«

Ich spekulierte wild, wie sich der Mord zugetragen haben könnte.

»Eine dritte Person?«, fragte der junge Valentin.

»Das ist wahrscheinlich.«

Wir plauderten noch so eine ganze Weile weiter. Die Polizisten legten jedes meiner Worte auf die Goldwaage, bohrten nach, stellten Fallen, wollten mich in Widersprüche verwickeln und verließen nach anderthalb Stunden plus ein paar Minuten Nachspielzeit das Verhörzimmer, um sich zu besprechen. Außerdem durften sie mich ohne Haftbefehl ohnehin nicht mehr länger festhalten. Der Richter entschied: Tatverdacht ja. Aber kein dringender. Und auch keine Flucht- oder Verdunklungsgefahr. Ich durfte gehen.

»Wir behalten Sie im Auge, Watzmann«, verabschiedete sich Valentin.

»Wer zuletzt lacht, lacht am besten«, ergänzte Rossi.

»Bis die Tage, Sherlock«, meinte Gabriel.

»Habe die Ehre«, grüßte ich.

Zu Hause schlüpfte ich nach einer Dusche wieder in meinen schwarz-weiß gestreiften Pyjama, leerte die zweite Hälfte vom Brunello und guckte das Ende von La Traviata. Ich weiß nicht, wieso, aber erst jetzt dachte ich wieder an die Karikatur auf dem Spiegel im Aufzug. Ein lachendes Strichmännchengesicht mit zwei großen vorstehenden Zähnen.

4

Obwohl einst florierende Handwerkszweige wie die Schiffbauer, Färber, Weber, Seiler, Schäffler oder Dosenmacher heute im Stadtbild von Wasserburg nicht mehr sichtbar sind, erinnern noch viele Straßennamen an die alten Traditionsberufe.

Über der Altstadt lag Nebel, als ich am Montagmorgen so früh wie sonst nur selten mein Detektivbüro in der Schustergasse aufschloss. Während der vergangenen Nacht hatte ich kaum geschlafen und brauchte auch deshalb jetzt dringend meine Ruhe. Ich stellte mir tausend Fragen, von denen ich nicht wusste, ob es die richtigen waren. Über mögliche Antworten machte ich mir noch keine Gedanken. Mit Sicherheit hatte die Kunde vom Mord an ihrem Jahrhundertstürmer bereits die Runde in der Stadt gemacht. Und wie ich meine Nachbarn, insbesondere die Frau Mayer, kenne – Stichwort: Stille Post –, wurde bereits hinter vorgehaltener Hand getuschelt, wer allein als Rudis Mörder in Frage kommen könne: der Detektiv Watzmann. Natürlich.

Als Heimkehrer hast du es nirgendwo einfach. Schon gar nicht in ländlichen Gefilden, wo jeder jeden kennt beziehungsweise jeder jeden zu kennen glaubt. Die Parabel vom verlorenen Sohn – siehe abermals Bibel – kann ich nur bestätigen. Sobald du deinen angestammten Platz im Mikrokosmos aufgibst, und sei es nur für ein paar Jahre, wechselst du automatisch, so schnell kannst du gar nicht denken, von der Stammelf auf die Ersatzbank – ohne an dieser Stelle für Psychologieseminare mit Christoph Daum zu werben. Jeder kleine Schritt zurück in die Startelf muss später erst wieder hart erkämpft und schwer verdient werden. Wasserburg ist in dieser Hinsicht nicht anders. Für mich gäbe es dennoch keinen besseren Ort zu leben.

Vor meinem Weggang war ich zu Hause mehr als wohlgelitten. Ich spielte anständigen, kampfbetonten, schnörkellosen Fußball und erzielte Saison für Saison, von der F-Jugend bis zur Herrenmannschaft aufwärts, mehrere hundert Tore. Das Dynamische Duo, sprich: Batman und Robin, bestand im Vergleich zu Watzmann und Pasolini aus lahmarschigen Superhelden, und Klose und Prinz Poldi sind Amateurstürmer dagegen. Rudi und ich hatten sogar unseren eigenen Fanclub: die Löwen-Brasilianerinnen. Süße Mädels aus der Umgebung, insbesondere aus Rott, Ramerberg und Edling. Warum gerade aus Rott, Ramerberg und Edling, weiß ich selber nicht.

Neben dem Sportlichen interessierte ich mich im Gegensatz zu dem Herrn Pasolini aber auch für Kulturelles, spielte Theater und Tuba, war Schriftführer im Heimatverein und stellvertretender Chefredakteur der Schülerzeitung am Gymnasium. Bei den Stadtratswahlen ging ich für die Wasserburger Freien Bürger auf einem hoffnungslos hinteren Listenplatz ins Rennen. Und nur knapp leer aus.

Aber sieben Jahre in der Großstadt verändern. Einen selbst und in der eigenen Wahrnehmung auch Freunde und Bekannte aus der Welt von gestern. Bald glaubte ich, die Wasserburger wären wirklich Hinterwäldler und München der Nabel der Welt. Dabei konnte ich das ewige Bussi links, Bussi rechts und P1-Getue von Anfang an nicht leiden. Konsequent oder stark genug, mich den eingefahrenen Großstadtriten zu verweigern, war ich leider nicht. Stattdessen entfernte ich mich mit der Zeit immer weiter von zu Hause. Nicht nur örtlich, sondern auch in Gedanken.

War ich in den ersten Semestern noch am Wochenende die paar Kilometer heimgefahren, um im Sturm trotz Konditionsrückstand wenigstens als Einwechselspieler auszuhelfen, blieb ich spätestens seit meinem Studienfachwechsel monatelang ohne Unterbrechung in der Landeshauptstadt. Selbst Telefonate mit Freunden wie dem Rudi führte ich nun kaum mehr. Ich hatte ja mittlerweile auch neue. Mit denen trank ich Abend für Abend im Atzinger in der Schellingstraße zwei, drei Helle und diskutierte sehr engagiert und nur selten sachlich. Aber immer dialektisch. Irgendwie waren wir Studenten wegen unserer Bewunderung für Hegel alle glühende Marxisten, einige echte, die meisten aber wohl mehr im Sinne von Graucho und seinen Brüdern, sprich: Brothers. »In einem Club, der uns aufnimmt, wollen wir nicht Mitglied werden«, war deshalb auch unser Leitspruch.

Wir suchten Wege zum Weltfrieden, Auswege aus der Klimakatastrophe und Umwege zum Erwachsenwerden. Ich schmückte mich aus sozialistischen Gründen mit einer kubanischen Schönheit. Die Beziehung mit Rosalina hielt für damalige Verhältnisse ewig. Obwohl bereits in den späten Neunzigern, galten uns die Alt-Achtundsechziger noch etwas: Wer zweimal mit derselben pennt, gehört schon zum Establishment. Die Liebe zerbrach an meiner ebenso kurzen wie leidenschaftlichen und dummen Liaison mit einer zehn Jahre älteren Gastdozentin aus Schweden.

Rückblickend war das Studentenleben eine geile Zeit, die aber mit den Jahren auch langweiliger wurde. Die Revolution frisst halt ihre Kinder. Auch deswegen zögerte ich keine Sekunde, das großzügige Vermächtnis anzunehmen, als bei der Testamentseröffnung der Name Johann Maria Watzmann im Zusammenhang mit der Wasserburger Wohnung und dem Ladenlokal der Tante fiel. Die Eltern bekamen einen Haufen Wertpapiere und das Haus in der Toskana, in dem sie nun ihren Lebensabend auf beachtlichem Niveau genießen.

Ich sollte vielleicht anmerken, dass die Berufsaussichten für einen studierten Geisteswissenschaftler zu Beginn des dritten Jahrtausends nicht gerade vielversprechend waren. Diejenigen Kommilitonen, die nicht an der Uni, im Verlagswesen oder bei der Zeitung unterkamen, landeten als Fahrer bei einem Taxiunternehmer. Das ist jetzt kein billiges Klischee und kam für mich nicht in Frage. Ich hasse Verkehr, zumindest den auf Münchens Straßen. Niemals hätte ich mich freiwillig dorthinein begeben. Als Student fuhr ich immer U-Bahn. Auch jetzt kutschiere ich nur gelegentlich und dann sehr gemütlich meinen Diplomat über die Straßen hinter Wasserburg, sprich: Bachmehring. Cruisen nennen das die Amerikaner. Am liebsten aber betrachte ich das Schmuckstück frisch poliert bei Sonnenschein vor der Tiefgarage.

Für mich stand nach erfolgter Diplomierung sofort fest, dass ich nach Wasserburg heimkehren würde. Als Detektiv, versteht sich. In meiner Abschlussarbeit hatte ich mich ausführlich mit Kriminalromanen, den Helden, ihren Krankheiten und Techniken befasst. Am Rande auch mit Agatha Christies Hercule Poirot und Kurt Wallander, Mankells depressivem Kommissar aus Ystad in Schonen, sehr zur Freude besagter schwedischer Dozentin. Ich fühlte mich für Verbrechen aller Art gerüstet. Was Wallander kann, glaubte ich, konnte ich schon lange. Zudem blickte ich auf eine langjährige Karriere als Jugenddetektiv zurück. Wenn auch auf keine sehr erfolgreiche, weil die Baufirma ja doch keine Kontakte zur Mafia gepflegt hatte.

Als Studierter brauchst du dich gar nicht erst bei der Polizei zu bewerben, die nehmen bestenfalls Juristen. Also wagte ich sofort den Sprung ins kalte Wasser, sprich: Selbstständigkeit, und eröffnete in Wasserburg meinen eigenen kleinen Laden: Privatdetektiv Watzmann. Ermittlungen aller Art. Die Räumlichkeiten in der Schustergasse übernahm ich aus der Erbmasse der Tante, die den Laden früher an eine gut sortierte Schreibwarenhandlung verpachtet hatte. Von dem Geld, das ich für schlechte Zeiten gespart hatte, kaufte ich das für einen Detektiv erforderliche Equipment. Einen Fotoapparat mit Weitwinkelobjektiv und einen Computer, den ich noch immer nicht beherrsche.

Leider war mein erster Fall der des fremdgehenden Hallodris mit der berühmten Filmmutter, was mir nicht viele Sympathien einbrachte. Als »Hund«, »Saukerl«, »Elendiger Schnüffler« und »Judas« musste ich mich beschimpfen lassen, weil ich für die Julia, eine Auswärtige, im dörflichen Rotlichtbezirk ihrem Ehemann hinterherrecherchiert hatte. Mit so was machst du dir in einer Kleinstadt, in der jeder jeden kennt beziehungsweise jeder jeden zu kennen glaubt, keine Freunde. Und einen Fehlstart in der Heimat wieder wettzumachen zählt für einen Rückkehrer an alte Wirkungsstätte nicht gerade zu den leichtesten Unterfangen, siehe Fußball-Bundesliga. Trotzdem konnte ich seit dieser schmutzigen Affäre wieder Sympathiepunkte sammeln – vermutlich auch wegen meines finanziellen Engagements als Trikotsponsor der Zwergerlmannschaft. Der Mordverdacht war nun ein herber Rückschlag.

So bitter der Tod für den Rudi war, für mich würde es in den folgenden Wochen auch nicht leicht werden, bildete ich mir ein und sollte damit recht behalten. Meinen Ruf als Detektiv musste ich schon selber wieder reinwaschen und deshalb möglichst schnell, am besten gleich, den Mörder finden. Auf polizeiliche Hilfe durfte ich nicht zählen.

»Hallo, Johann!«

Wer? Wie? Was?

»Jooohaaann!«

Es dauerte ewig, bis ich aus den Tiefen meiner Gedankenwelt an die Oberfläche getaucht war. Vor meinem Schreibtisch stand eine aufgeregte junge Frau und wedelte mit der Wasserburger Zeitung. »Gut getroffen«, konstatierte sie und applaudierte. Kassandra und ich hatten uns erst kürzlich, während einer Recherche im Umland, kennengelernt und ein bisschen angefreundet. Sie arbeitet als Reporterin für das Lokalradio. Davor war sie, sagt sie selber, eine von den blondgefärbten Moderationsattrappen bei einem Mitmachsender in Unterföhring, wo die Quizfreunde am Tag und in der Nacht ihr Arbeitslosengeld II mit fünfzig Cent teuren Anrufen verjubeln dürfen.

Aber reden kann die, das hatte sie gelernt, vor allem schnell und viel, nicht immer zusammenhängend, aber egal. »Gas geben« ist eine ihrer Lieblingsvokabeln, weil wohl universal zu gebrauchen. »Gib Gas, Johann!«, stachelte sie nun mich an.

»Wobei?«, fragte ich.

»Das darfst du dir nicht gefallen lassen.«

»Was?«

Ein Fragezeichen stand auf meiner Stirn geschrieben. Kassandra klopfte sich mit dem linken Handballen an die ihre. Dieses Ritual vollzieht sie immer dann, wenn ihr auffällt, dass ihr Mundwerk mal wieder schneller gearbeitet hat als ihre Windungen im Hirn. »Da!«, ächzte sie unter der Last der Ereignisse und breitete die Titelseite auf dem Schreibtisch aus. Dabei tippte sie ein halbes Dutzend Mal mit dem rechten, perfekt manikürten Zeigefinger auf das Foto unter der Schlagzeile.

Ich war wirklich gut getroffen. Hervorragend, würde ich sogar sagen. Nur die Rahmenbedingungen waren nicht ganz so hervorragend. Vor allem die Handschellen störten. Und der Polizeiobermeister Gabriel, der mit seinen Riesenkuhaugen direkt in die Kamera glotzte, als er mich zum Polizeiwagen führte. Den Pyjama hatte ich Gott sei Dank sofort nach der

Verhaftung gegen Berufskleidung austauschen dürfen. Also trug ich meine Lieblingscordhose, ein Oxford-Hemd mit Kent-Kragen und die Schiebermütze über meinen akkurat gescheitelten, kurzgeschnittenen Haaren. Mit dem Schlafanzug sehe ich aus wie ein Mitglied der Panzerknackerbande, was allerdings auch ein hübsches Bild in der Zeitung abgegeben hätte.

»Ich glaube, du verstehst den Ernst der Lage nicht«, schimpfte mich Kassandra.

»The importance of being Ernest«, schwadronierte ich im Sinne Oscar Wildes, den sie ja auch eingesperrt hatten. Wenn auch aus anderen Motiven.

»Blöde Sprüche helfen jetzt nicht weiter.«

»Danke für den Hinweis.«

»Ich will nur helfen.«

Ich schwieg einen Moment. Als ich das weitere Vorgehen gerade ansprechen wollte, hatte aber schon wieder Kassandra das Wort ergriffen.

»Wie wär's mit einem Interview? Du könntest deine Sicht der Dinge erklären. Du könntest sagen, dass du nicht der Mörder bist. Du bist doch nicht der Mörder, Johann? Du bringst doch keine Menschen um? Ich meine, du wirkst so ausgeglichen. Bitte schwör sofort, dass du diesen Fußballer nicht getötet hast.«

»Spinnst du?«

»Schwör's!«

»Ich muss nicht schwören.«

»Also hast du?«

»Ich bringe doch keine Freunde um.«

»Ich wusste nicht, dass du mit Rudi befreundet warst.«

»Schon als Kind.«

»Das tut mir leid. Ich meine, dass er tot ist.«
Ich überlegte eine Sekunde.

»Zum Trauern ist jetzt keine Zeit«, sagte ich.

»Ich rate dir«, konterte Kassandra geschäftig, »das Heft in die Hand zu nehmen. Krisenkommunikation ist eine ganz schwierige Sache. Geh in die Offensive. Lass dich nicht hinten rein drängen. Zeig deine Krallen, Tiger. Beweis ihnen, dass du Eier hast. Das sagt man doch? Beim Fußballstammtisch im DSF sagen die das dauernd. Vor allem der Lattek. Und der Kahn: ›Eier. Wir brauchen Eier.‹ Darf ich das auch als Frau sagen? Na ja, egal. Rede mit mir. Gib mir ein Interview. Und finde den verdammten Mörder. Ich meine, wenn du es nicht gewesen bist, dann läuft der echte Mörder noch frei in Wasserburg herum. Vielleicht ist das ein Geisteskranker. Vielleicht ein Serienkiller. Wie im Schweigen der Lämmer. Jooohaaann. Bitte tu was.«

»Und was?«

Kassandra lachte, nur um im nächsten Augenblick ernst zu werden.

»Du bist der Detektiv von uns beiden.«

Damit hatte sie recht. Ich war der Detektiv von uns beiden. Außerdem ging es um mein Leben und den Tod meines Freundes. Ich sollte wirklich langsam Gas geben, in die Gänge kommen, den Motor im Kopf starten, meldete sich eine innere Stimme zu Wort. Zum Däumchendrehen würde später noch genug Zeit bleiben. Schlimmstenfalls im Gefängnis. Dort wollte ich aber unter keinen Umständen enden. Die Nacht in der Polizeiinspektionszelle hatte mir gereicht.

»Also mach in Gottes Namen dein Interview«, bat ich Kassandra.

»Sensationell«, jubelte die Kleine im Stile ihres großen Vorbilds Karla Kolumna, der rasenden Reporterin aus Benjamin Blümchen und Bibi Blocksberg.

5

Über die Macht der Medien ist im Prinzip schon alles mindestens einmal gesagt worden, mitunter sogar von klugen Leuten. Die Medien können dich in den siebten Himmel loben oder in die tiefste Hölle stürzen. Sie können einen Star aus dir machen oder einen Verlierer, Opfer oder Täter, Bundeskanzler oder Oppositionsbankdrücker. Im einen Moment noch angesagter Moderator, im nächsten schon brutaler Vergewaltiger oder doch bloß armer Märtyrer einer von falschen Freunden angezettelten Hetzkampagne.

Kassandras Kampagne zu meinen Gunsten hätte Tony Blairs besten Spin-Doktoren zur Ehre gereicht. Besagtes Interview, ein langer Kommentar und Gespräche on Air mit unabhängigen Experten trugen entscheidend dazu bei, den Wind für mich zu drehen. Und das innerhalb nur eines Tages. Sicher mochten mich viele nach wie vor für Rudis Mörder halten, öffentliche Anfeindungen aber blieben aus. Selbst die Zeitung schwenkte zu meiner großen Überraschung auf Kassandras Linie ein und gab mir so die Chance, in aller gebotenen Ruhe und Sorgfalt den Mörder zu suchen und hoffentlich auch zu finden. Nach allem, was ich gehört hatte, war die Kriminalpolizei in ihren Ermittlungen noch nicht recht vorangekommen. Trotz Tatortanalyse und allerneuster Technik.

Ich entschied mich für die Strategie, das Pferd von hinten aufzuzäumen, sprich: vom Opfer aus rückwärts zu ermitteln. Von innen nach außen sozusagen. Aber leichter gesagt als getan. Denn die Fakten waren dürftig. In meiner Gleichung gab es haufenweise Unbekannte und nur zwei mickrige Konstanten. Die erste: Ich war nicht Rudis Mörder. Die zweite: ein grinsendes Strichmännchen mit zwei großen vorstehenden Zähnen. Nach Adam Riese war das Männchen der entscheidende Hinweis auf den Täter und ein im Moment noch zu anspruchvolles Rätsel. Sobald dieses gelöst wäre, glaubte ich, würde der Weg zum Mörder bequemer werden.

Apropos Bequemlichkeit. Am Ende eines langen Tages lag ich auf meiner sehr bequemen Ledercouch, streckte alle viere von mir, stopfte in eine Pfeife Mango-Tabak und wartete auf den Einbruch der Dunkelheit. Im Fernsehen lief die Quizshow mit Jörg Pilawa. Tausendeuro-Frage: Wie heißt ein Schlüssel, der in jedes Schloss passt? A) Erich B) Friedrich C) Dietrich D) Ludwig. Ich tippte mit dem kühnen Wissen des Profis auf Antwort C und schloss mit einem Namensvetter keine zwei Stunden später Rudis Wohnung auf. Das Polizeisiegel musste ich zerreißen. Ich fühlte mich gesetzlos. Stichwort: Outlaw.

Seit meinem letzten Besuch vor Ewigkeiten hatte sich nichts verändert. Alles, das heißt jedes Eck, jede Ablage, jeder Quadratzentimeter Boden, quasi die gesamte Wohnung, war vollgestopft mit Nippes und anderen teils mobilen, teils immobilen Gerätschaften oder Ausstellungsstücken: Pokalen, Medaillen, Urkunden, Barockschinken, Maskottchen, Vasen, Obstschalen, Spielekoffern, Reisekoffern, Sachbüchern, Kerzen, Kissen, Lampen, Möbeln, Schränken, Truhen, Vitrinen, Ritterrüstungen und so weiter. Ich finde – aber das ist jetzt meine ganz private Meinung –, dass nichts einen solchen Mischmasch, um nicht zu sagen Saustall, rechtfertigt. Auch kein noch so irregeleitetes Geschmacksverständnis. »Ist doch saugemütlich«, hatte sich der Rudi in der Vergangenheit meinen wirklich immer gut gemeinten Verbesserungsvorschlägen in Einrichtungsangelegenheiten kategorisch verweigert: »Das ist mein Stil.«

»Stil? Welcher Stil?«, wollte ich es dann schon genauer wissen.

»Money, money, money, must be funny, in a rich man's world«, summte darauf der Rudi die Melodie von Money, money, money. Der Rudi war, als er noch lebte, der größte Abba-Fan alive.

»Kein Stil«, blieb ich bei meiner Meinung.

»Schau du mal lieber in den Spiegel, bevor du anderer Leute Geschmack kritisierst«, sagte der Rudi daraufhin mehr als einmal schnippisch zu mir.

»Man trägt jetzt wieder Burberry«, musste ich dem Banausen mein Outfit erklären.

Erst kürzlich habe ich in der Frankfurter Allgemeinen Sonntagszeitung gelesen: Burberry – das ist das Britischste, was es in der Mode gibt. Die textile Version von Shortbread und Minzsauce. Burberry kleidet seit mehr als einem Jahrhundert den englischen Gentleman und auch den, der es nicht ist, aber sein möchte. Burberry hat der Welt den Trenchcoat gebracht und das Karomuster. Burberry wird von der Queen getragen, von Premierministern, von Polospielern (und von Detektiven).

Immerhin hatte ich nach der zehnten Klasse ein Schuljahr in einem Eliteinternat in London verbringen dürfen. Das war Hardcore-Sozialisation mit Blickrichtung Oxford oder Cambridge.

Mit dem Rudi über Geschmack zu diskutieren war aber immer schon erschöpfend gewesen. Der joviale Stürmerstar vom TSV 1880 konnte ein richtiger Sturkopf sein, wenn er wollte. Ich hätte ihn mehr als einmal dafür würgen können. Jetzt hoppla. Natürlich nicht wirklich. Aber Stilfragen sind mir einfach wichtig. Das gilt insbesondere für Kleidung, Autos und die eigenen vier Wände. Ich mag es kühl. Nur nicht zu viel in so eine Wohnung hineinstopfen – in dieser Hinsicht bin ich eher unbritisch. Außerdem empfehle ich helle Töne, dunkle Farbtupfer nur als Kontrapunkte, bloß kein Holz. Chrom ist der Werkstoff der Stunde. Für Rudis Möbelschluchten hatte mit Sicherheit ein halber Eichenwald in seiner gesamten Rustikalität dran glauben müssen. Genauso schwerfällig wie der Rudi oft selber war, mit Ausnahme der neunzig Minuten am Samstagnachmittag auf dem Fußballplatz, genauso schwerfällig war auch sein Zuhause eingerichtet, wobei »eingerichtet« die falsche Formulierung ist. Ich würde sagen, »zugestellt« trifft es eher. Aber auch das ist jetzt wieder meine ganz private Meinung.

Dabei hätte er so schön wohnen können. Oben auf dem Hügel über Wasserburg. In der Burg der Hallgrafen aus längst vergangenen Tagen. Seine Bank hatte ihm nach der mit Bravour bestandenen Lehre ein komplettes Stockwerk im Wohntrakt zu günstigen Konditionen angeboten. Weil die Wechselbank ihr Anlagevermögen von immobilen Altlasten reinigen und das dann freigesetzte Kapital am Neuen Markt – der die Anleger bald alt aussehen ließ – investieren wollte.

Alt war die Burg schon damals, nicht nur die Grundmauern, sondern auch die sanitären Einrichtungen, die Ende der neunziger Jahre seit einem halben Jahrhundert nicht mehr dem bundesrepublikanischen Standard entsprachen. Rudi nutzte trotz der Widrigkeiten die Gunst der Stunde; die Gelegenheit war günstig.

In monatelanger Kleinarbeit reparierte der Burgherr nach Feierabend verstopfte Rohre oder installierte neue, verlegte Fliesen, legte unter schweren Teppichen versteckte Steinböden frei und stellte von Holz- auf Gasheizung um. Rudi gewann für die Renovierung der Gemäuer Architekturpreise angesehener Fachzeitschriften sowie Auszeichnungen des Landesamts für Denkmalschutz und Umwelt. Auf über zweihundert Quadratmetern hatte er sich ein respektables Reich geschaffen.

Warum der Baumeister aber keine Fachkraft für die Inneneinrichtung engagiert oder wenigstens meine wirklich gutgemeinten Ratschläge befolgt hat, ist mir bis heute ein zweites großes Rätsel.

Der Lothar Matthäus, Fußballweltmeister und Weltfußballer des Jahres, wäre beispielsweise vom Fach gewesen. Immerhin hatte der vor seiner großen Zeit bei Borussia Mönchengladbach und beim FC Bayern

München eine Raumausstatterlehre im Fränkischen abgeschlossen. Aber die Roten mochte der Rudi als Blauer nie besonders.

Wie ich gerade jetzt auf den Ex-Trainer der ungarischen Nationalelf komme? Ja gut, äh. Folgendes: Der Loddarmaddäus hatte mit den Bayern einige Wochen vor dem verlorenen Champions-League-Finale gegen Manchester United für eine fulminante Auflaufprämie im Badria-Stadion zu Wasserburg gastiert – auf Einladung des Wasserburger Baulöwen, Hauptsponsors und Vereinspräsidenten. Während des Spiels hatte unser Rudi den Bayern-Libero etliche Male älter aussehen lassen als er schon damals war. Und bei der Gelegenheit dem Kahn gleich zwei Tore eingeschenkt.

Der Strahl meiner Taschenlampe fiel auf das gerahmte Foto im Arbeitszimmer. Darauf ist in Postergröße festgehalten, wie der Rudi den Lothar gerade tunnelt, quasi Amateur verarscht Profi. Ich begutachtete die Szene mit Vergnügen. Auch weil ich zuvor jeden Winkel in den Burgzimmern abgesucht und keinen Hinweis auf den Mörder oder ein Motiv gefunden hatte. Diese Art diebischer Freude über den Dilettantismus des Profis könnte man vielleicht als Galgenhumor werten. Oder als Ausdruck von Unzufriedenheit in punkto eigener Fähigkeiten.

Mein nächtlicher Ausflug blieb dann aber doch nicht ganz erfolglos: Auf Rudis Schreibtisch fand ich etwas zur Befriedigung des Spieltriebs: Soccer-Champion für die Playstation. Ich blickte mich verstohlen im Zimmer um und steckte dann das Spiel schnell in meine Tasche, weil der Rudi es jetzt kaum noch brauchen würde. Und außerdem hätte er sich bestimmt gefreut, sein Erbe in so guten Händen zu wissen.

Ich gebe zu, meine sportlichen Aktivitäten reduzieren sich seit zu vielen Jahren auf die Fingerübungen am Spielknopf. Nachdem ich früher noch viel öfter selbst gekickt oder geworfen, gebaggert oder gegen den Puck gedroschen habe, lasse ich heute lieber Bits und Bytes für mich rackern.

Neben der Oper, sprich: der Netrebko, sind Sportspiele meine große Schwäche, was schon auch problematisch ist. Weil zu wenig Bewegung. Und bayerische Hausmannkost plus Einkehrschwünge bei Bruno, sprich: Stanislaus, sprich: Pasta, vino rosso und antipasti misti. Seitdem ich die Fußballstiefel mehr oder weniger an den Nagel gehängt und meine Aufmerksamkeit voll dem Bildschirmsport gewidmet habe, kämpfe ich gegen überzählige Pfunde. Aus dem Grund musste ich schon viele Diäten ausprobieren: Brigitte, Florida, South Beach und erst kürzlich Atkins. Mit der Folge, dass ich nun kein Fleisch mehr sehen, geschweige denn essen kann und vermutlich bis an mein Lebensende als Vegetarier leben werde. Aber Bratkartoffeln haben es leider auch in sich. Das Gleiche gilt für Nudeln und Weißbrot. Stichwort: Kohlenhydrate, Stichwort: Fette, Stichwort: Pfunde.

Schlag zwölf kam ich von meinem Burgausflug nach Hause zurück. Nachdem ich geduscht hatte, öffnete ich eine neue Flasche Brunello, speiste die Beute in die Spielkonsole ein und erlebte eine seltene, mir selber bis dato vollkommen unbekannte Sternstunde der Kriminalistik.

6 Maradonas gibt es ausgesprochen viele. Stichwort: Fußball Unser: Gheorghe Hagi – Karpaten-Maradona. Andi Herzog – Alpen-Maradona. Emre Belozoglu – Bosporus-Maradona. Saeed Owairan – Wüsten-Maradona. Baichung Bhutia – Indien-Maradona. Der echte Maradona, sprich: Diego Armando, soll ja über sechzig Kilo abgespeckt haben. Und nicht mehr so viel Schnee wie früher schaufeln. In seiner Heimat hat sich der Ex-Fußballer, der bei der Weltmeisterschaft in Mexiko die Hand Gottes salonfähig gemacht hat, mittlerweile zu einem echten Fernsehstar gemausert. Sogar Pelé aus Brasilien war schon bei ihm in der Sendung.

In Brasilien gibt es keinen Maradona. Dafür so manches Wunder. Wundermodels: Giselle Bündchen; Wunderstrände: Copa Cabana; Wunderfußballer: Zico. Der angesagteste und für mich nach wie vor aufregendste Zuckerhutkicker ist aber der kleine Ronaldo, sprich: Ronaldinho. Und jetzt endlich kommt meine Sternstunde der Kriminalistik. Ronaldinho war Rudi Pasolinis Mörder.

Der Reihe nach: Als gegen vier Uhr morgens die

Flasche Brunello nur noch mit Luft gefüllt war, stand ich gerade mit meinen Deutschen im Finale gegen Brasilien. Auf dem Weg ins Endspiel hatte ich hintereinander Italien, England und Argentinien ausgeschaltet, quasi alle Großen dieser Fußballwelt geschlagen. Leider nur theoretisch, weil in einer vom Computer generierten Playstation-Scheinwelt. Trotzdem: Ich war super drauf, fühlte mich toll, hatte gut trainiert und keinen Sex vor dem Spiel gehabt. Chips und Flips lagen in Reichweite. Die Kalorien vergaß ich für einen Moment.

Im Finale lag ich dann auch schnell drei zu null in Führung. Die Abwehr der Brasilianer, rekrutiert aus zwei Bundesliga-Kasperln, drosch ein Luftloch nach dem nächsten, während der deutsche Sturm seine Chancen konsequent nutzte und die Vorlagen in Traumtore ummünzte.

Doch drehte sich das Spiel noch vor der Pause, als mein Goalkeeper – ich setzte auf Hildebrand im bundesdeutschen Kasten – eine Flanke von Roberto Carlos unterlief und Robinho auf Ronaldinho zurückköpfte. Tor! Der Reigen war eröffnet, Polen offen, der Untergang vorbereitet, das Lied vom Tod angestimmt, der Anfang vom Ende besiegelt. Die drei Euro werfe ich freiwillig ins Phrasenschwein. Bei meinen Deutschen ging plötzlich nichts mehr. Meine Mannschaft spielte unwürdigen Fußball, blieb in der Vorwärtsbewegung stecken, verlor im Mittelfeld die Bälle, die Stürmer hingen in der Luft, warteten vergebens auf Flanken, mit denen sie gefüttert werden wollten. Zwei : drei. Schon wieder Ronaldinho. Drei : drei. Vier : drei.

Nun endlich schalteten die Fußballkünstler zwei

Gänge zurück. Das Spiel plätscherte vor sich hin. Kaum Strafraumszenen. Eher zufällig setzte sich in der neunzigsten Minute Schweini auf der linken Seite durch und zog in Mittelstürmer-Manier nach innen. Am Strafraumeck fällte ihn ein Brasilianer. Der Schiri zeigte auf den Punkt: Elfmeter.

Michael Ballack schnappte sich sofort die Kirsche, legte das Sportgerät auf die Magnesium-Markierung, streichelte sanft über das Kunststoffleder, nahm fünf Schritte Anlauf, blickte gen Himmel, wartete auf das Signal vom Schiri. Ein Pfiff und der virtuelle Sachse jagte das Ding mit Hundertachtzig an den Pfosten.

Bei der Pokalübergabe blickte ich in die Augen von Ronaldinho. Die Kamera zoomte ran und siehe da: Das war mein Mördergesicht auf dem Aufzugspiegel. Ein ewig grinsender Mund mit zwei großen vorstehenden Zähnen.

Natürlich ist der Zauberfußballer vom FC Barcelona noch nie in seinem Leben in Wasserburg am Inn aufgetreten. Dafür stürmte seit Saisonbeginn, nach achtundzwanzig Traumtoren für die A-Jugend des TSV 1880, neben Rudi Pasolini ein talentierter rumänischer Nachwuchskicker in der Herrenmannschaft. Und der hatte – auch weil die Fans seinen Namen angeblich nicht korrekt skandieren konnten – ausgerechnet von der zur Großmannssucht neigenden Lokalpresse einen Künstlernamen verpasst bekommen: Karpaten-Ronaldinho. Weil er über eine exzellente Ballbehandlung und Spielwitz verfügte.

Ich war, der Sternstunde der Kriminalistik entsprechend, aufgewühlt. An Nachtruhe war trotz der fortgeschrittenen Stunde nicht mehr zu denken. Die Konsole schaltete ich auf Standby, nahm aus dem Kühlschrank eine Flasche Mineralwasser und trat auf die Dachterrasse. Es war schon warm, aber noch dunkel, dennoch kündigte die Lerche bereits den Morgen an. Ich nahm mehrere schnelle Schlucke. Bei zu viel Wein ist Wasser der beste Helfer in der Not, sprich: Brand- und Durstlöscher und vorderste Bastion gegen Kopfschmerzen und Kater.

Welches Motiv mag Ronaldinho dafür gehabt haben, den Rudi auf so bestialische Weise umzubringen? Diese Frage stellte ich mir die nächsten beiden Stunden. Dabei wusste ich nicht mal, wie der rumänische Wunderstürmer mit bürgerlichem Namen hieß. Leider hatte ich ihn erst zwei oder drei Mal spielen sehen. Wie Ronaldinho sah er jedenfalls nicht aus. Eher wie eine zwanzig Jahre jüngere Ausgabe von Brad Pitt mit schwarzen langen Haaren. Nicht umsonst war der Karpaten-Ronaldinho der größte Schwarm der Wasserburger Damenwelt. Ich ärgerte mich, dass ich mich zu wenig um Klatsch und Tratsch in der Stadt bemühte. Als Detektiv sollte ich eigentlich mein Ohr immer am Puls des Zeitgeistes haben. Aber dafür gab es ja Kassandra.

Um halb sieben wagte ich den Versuch, die Reporterin von Radio Altstadt aufzuwecken. Mit zwei Pappbechern voll Kaffee, einer Tüte Croissants und einem Glas Orangenmarmelade stand ich schwerbepackt vor ihrem Mietshaus neben dem ehemaligen Amtsgericht und drückte vorsichtig die Klingel. Das Zaghafte bringt einen im Leben aber nicht weiter. Keine Reaktion. Zweiter Versuch. Etwas rabiater. Keine Reaktion. Sturmläuten. Reaktion.

»Scheiße, ja!«, schrie eine Stimme aus der Gegensprechanlage. Verärgerung, Wut und Aggressivität schwangen darin mit. Ich wollte sofort auf dem Absatz kehrt- und mich selber ganz schnell unsichtbar machen, kratzte aber dann doch allen Mut zusammen und gab mich als Ruhestörer zu erkennen.
»Ich bin's. Watzmann.«
»Watzmann?«
»Ich glaube, ich kenne jetzt den Mörder«, sagte ich in den grauen Kasten.

Es summte; ich drückte gegen die sich öffnende Haustüre und nahm die Treppe. Den Aufzug ließ ich sicherheitshalber links liegen.

Vor lauter Erzählen gelang es mir in den nächsten fünfzehn Minuten weder den Kaffee zu trinken, noch das Croissant mit Orangenmarmelade zu essen. Kassandra gierte nach Details. Ich tat mein Bestes und schlug eine weite Manni-Kalz-Gedächtnisflanke vom Burgrundgang über das Fußballspiel auf Rudis Schreibtisch bis zu Ronaldinho. Den Brunello, den ich ganz allein vernichtet hatte, behielt ich lieber für mich. Zweifel an meinen geistigen Fähigkeiten wollte ich vermeiden. Nicht dass Kassandra noch glaubte, ich hätte mich mit Vorsatz betrunken und die Sternstunde der Kriminalistik wäre lediglich dem Alkohol geschuldet. Andererseits: Im Wein liegt die Wahrheit, sprich: veritas.

»Und du glaubst wirklich, dass Ion der Mörder von Rudi ist?«, fragte Kassandra, nachdem ich leererzählt war. Stopp. Ion?

»Heißt der so?«, stellte ich die Gegenfrage.

»Ion Ionesco«, antwortete sie hellwach.

»Was weißt du über ihn?«

Kassandra nippte an ihrem Kaffee, ich biss in mein Orangenmarmelade-Croissant. Sie überlegte. Ich kaute.

7

»Ciao, bella Signorina Sandra. Come stai? Baci. Darf es sein: ein vino bianco ausse bella Italia. Pinot Grigio. Molto bravo. Antipasti misti, Dottor Watzmann?«, empfing uns der Bruno vor seinem Ristorante und lotste Kassandra und mich mit zwei Speisekarten unter seiner rechten Achsel zu dem einzigen freien Tisch auf der Inn-Terrasse. »Lass den Scheiß«, zischte ich im Gehen. Manchmal ging mir Bruno mit seiner Italiener-Nummer gewaltig auf die Nerven. »Darf ich den Herrschaften etwas empfehlen?«, fragte der Wirt in unsere kleine Runde und blickte mir dabei streng in die Augen. »No«, sagte ich.

»Qualcosa da bere?«

»Prendiamo acqua minerale naturale, la signorina ed io.«

»Sehr wohl. Acqua minerale naturale per due.«

»Grazie, Bruno«, bedankte sich Kassandra übertrieben freundlich und wollte, nachdem er im Restaurant verschwunden war, wissen, was ich gegen den lieben Bruno hätte. So ein feiner Mensch sei der, sagte sie. Ich musste mich zwingen, den Schein, der trog, zu wahren. Denn ich gehörte zu den wenigen Eingeweihten, die das Stanislaussche Geheimnis kannten. Wir hatten dem Wirt in einer weinseligen Stunde – als er gerade wieder von Krakau als dem Paradies auf Erden schwärmte – schwören müssen, seine Herkunft für uns zu behalten. Ein Pole konnte schlecht eine italienische Trattoria in der bayerischen Provinz betreiben. Gerade in der Gastronomie ist das Authentische unerlässlich. Da hätte der Stanislaus noch so ein feiner Mensch sein können. Nudeln kochen können nur die Italiener. Das ist Allgemeingut. Aus. Amen. Pasta. Liberalitas bavariae hin oder her.

Ich bestellte einen Insalata mista und Penne arrabiata mit viel frischem Pfeffer, Kassandra Saltimbocca mit Thymiankartoffeln.

»Isst du kein Fleisch?«, fragte mich meine hübsche Begleiterin – auf deren Dekolleté sämtliche Männeraugen ruhten –, als ich Bruno die Bestellung in den Block diktierte.

»Naturalmente no«, antwortete er für mich und sparte nicht an Spott. »Sherlock ist seit neustem Vegetarier.«

»Das wusste ich ja gar nicht«, sagte Kassandra.

»Ist schon gut, Fräulein Superschlau«, rutschte mir der verkehrte Satz heraus. »Ganz offensichtlich weißt du vieles nicht«, schob ich gereizt nach, bevor ich zu allem Überfluss auch noch ihr Geschnatter kritisierte. Manchmal überkommt's mich.

Kassandra schwieg. So wie sie auch am Morgen geschwiegen hatte. Ihr Wissen über den Karpaten-Ronaldinho tendierte nämlich gegen null. Hätte ich die Glaskugel befragt, wäre ich genauso schlau gewesen. Aber typisch Kassandra. Die Klappe immer offen. Über wen sie alles Bescheid wisse – Gott und die Welt ein kleiner Kreis dagegen. Vom Wasserburger Ronaldinho kannte sie aber nur den Namen und die Schwester, weil sie die mal interviewt hatte. Vor zwei Monaten auf der Straße zum Thema Frauenrechte. »Ich nix wissen«, hatte deren kurze und prägnante Antwort gelautet.

»Tschuldigung«, entschuldigte ich mich bei Kassandra nach einem Moment Funkstille, was bei ihr so viel hieß wie tödlich beleidigt. »Es tut mir leid. Ich bin dir wirklich sehr dankbar. Ohne dich säße ich im Knast. Du bist mir eine echte Hilfe. Dein Rat ist mir wichtig. Und auch deine Informationen.«

»Lass gut sein, Watzmann«, sagte Kassandra schließlich.

Ich ließ es gut sein und übernahm die Rechnung. Kassandra stand auf und ging, ohne sich umzudrehen. Ich sah ihr noch lange hinterher und bewunderte ihre langen Beine und die sportliche Figur. Wenngleich sie vielleicht einen Tick zu ausladende Hüften hatte. Schwamm drüber.

»Darf ich mich zu dir setzen?«, fragte nur wenige Augenblicke später eine Stimme aus dem Off. Ich war noch ganz in Gedanken an Kassandra.

»Logisch«, sagte ich, nachdem ich aufgeblickt und die Stimme als die des Wasserburger Trainers identifiziert hatte. »Setz dich, Alois.«

»Schlimme Sache«, sagte mein alter Coach. »Das mit Rudi.«

Ich nickte. Wir senkten einen Moment die Köpfe.

»Ich kann mir nicht vorstellen, dass du ihn umgebracht hast. Ihr wart doch die allerbesten Freunde.«

Alois Schweighofer lehrte schon seit vierzig Jahren Fußball beim TSV 1880 Wasserburg. Mehrere Kreuzbandrisse hatten ihm die Karriere als Profikicker verbaut. Dabei galt er in jungen Jahren als einer der talentiertesten Stopper in ganz Bayern. Mit Franz Beckenbauer und Sepp Maier hatte er in diversen Nachwuchsauswahlmannschaften gespielt.

Wahrscheinlich findet sich in Europa kein Zweiter, der so viel von Fußball, sprich: Taktik, Technik, Training, versteht wie unser Alois. In Wasserburg ist es Allgemeingut, dass nur seinetwegen im Jahr zuvor der Aufstieg in die Bezirksoberliga geglückt war. Trotzdem hatte der Präsident für viel Geld einen neuen Trainer aus Österreich verpflichten wollen. Nur weil der ein paar Mal für die Nationalelf seines Landes gekickt hatte, die sie in der Alpenrepublik hinter Kiefersfelden »Team« nennen.

Die Wasserburger Tifosi hatten diese Pläne aber durch lautstarken Protest einerseits und leise Lichterketten andererseits zu verhindern gewusst. Der Präsident und Hauptsponsor, der Baulöwe Stefan A. Schwarz, seines Zeichens geschiedener Ehegatte meiner Halbtagssekretärin und fremdgehender Hallodri, musste sich dem Druck der Straße beugen und Alois einen Vertrag auf Lebenszeit anbieten. Im Fall des Abstiegs aus der Bezirksoberliga wäre die Abmachung allerdings automatisch nichtig und der Präsident könnte endlich seinen Ösibomber nach Wasserburg lotsen.

Das Szenario zwei Spieltage vor Saisonende war daher extrem dramatisch: Der TSV stand auf Platz siebzehn, und sechs Punkte, sprich: zwei Siege, aus den beiden letzten Partien gegen direkte Konkurrenten um den Klassenerhalt waren Pflicht. Und ausgerechnet jetzt hatte jemand Rudi Pasolini ermorden müssen!

»Du musst für den Rudi spielen«, brummte Alois.
»Ich?«
»Wer sonst?«
»Im Sturm?«
»Nur wer Tore schießt, kann gewinnen.«
»Ihr habt doch diesen Ronaldinho.«
»Unser System ist auf zwei Spitzen ausgerichtet.«
»Kein Ersatz?«
»Der Klausi ist verletzt. Der Edi krank.«

Der Klausi verletzt, der Edi krank. Und ich hatte seit fünf Monaten – damals hatten wir mit der AH gegen Amerang verloren – keinen Sportplatz mehr in Leibchen, Shorts und Stutzen betreten. Die Lage schien mir katastrophal, wenn nicht sogar bedenklich. Alois musste schon sehr verzweifelt sein, wenn er ausgerechnet mich aufs Feld schicken wollte. Ich war fest entschlossen abzuwinken.

»Weißt du, Alois. Bei aller Freundschaft. Aber ich glaube…«, begann ich weit auszuholen. Andererseits bot sich mir hier eine ungeahnte Gelegenheit. Offenbar hatte bislang nur ich Rudis Karikatur auf dem Aufzugspiegel als einen Hinweis auf den Karpaten-Ronaldinho entschlüsseln können. Womit sich die Polizei beschäftigte, vermochte ich nicht einzuschätzen. Vielleicht könnte ich den Ronaldinho ganz nebenbei auf dem Trainingsplatz ein bisschen aushorchen, war mein zweiter Gedankengang. Er brauchte ja nicht zu wissen, dass ich ihn für Rudis Mörder hielt. Der Moment war günstig und meine Stürmerrolle eine wunderbare Tarnung.

»Weißt du, Alois. Bei aller Freundschaft. Aber ich glaube, dass ich überhaupt nicht fit bin. Das kann ich bis Samstag nicht mehr aufholen«, kokettierte ich.

»Du musst nur vorn drinstehen, Sherlock, und im entscheidenden Moment den Fuß hinhalten. Das war doch immer deine Spezialität. Und die Laufarbeit im Sturm erledigt der Ionesco. Die Wette biet' ich.«

»Topp.«

»Und Schlag auf Schlag. Werd' ich zum Augenblicke sagen: Verweile doch! Du bist so schön.« Der Alois hatte mal den ganzen Faust auswendig gelernt. Für eine großangelegte Laieninszenierung zugunsten rumänischer Waisenkinder im Wasserburger Theater. Ich hatte den Mephisto gegeben.

Und nun sollte ich schon wieder meinen Körper für den guten Zweck zur Verfügung stellen. Ich hoffte, physische Defizite durch geistige Überlegenheit ausgleichen zu können.

»Dann bis heute Abend«, verabschiedete sich der Trainer, »ich muss jetzt wieder rein zum Präsidenten.«

»Zum Präsidenten?«

»Geschäftsessen.«

»Und er ist einverstanden, wenn ich für euch spiele?«

»Wieso nicht?«

»Wegen der Sache damals.«

»Schwarz kümmert sich um die Finanzen. Ich kümmere mich um das Sportliche. So steht es im Vertrag. Basta.«

Ich blieb noch eine ganze Weile sitzen und überdachte meine fußballerische Zukunft. Bruno spendierte einen Grappa und lächelte recht freundlich. Sein

Ärger schien verflogen. Bruno ist nicht nur der größte Löwenfan, sondern auch so eine Art Vereinswirt. Die Siege feiert die erste Mannschaft traditionell in seiner Trattoria mit viel teurem Rotwein. Nur fehlten in dieser Saison die Anlässe.

In einem Interview auf der Lokalsporttitelseite der Wasserburger Zeitung, die mir der Bruno zum Grappa auf die Terrasse brachte, verkündete der Präsident weihevoll, dass er dem Verein ein neues Stadion, eine kleine Allianz Arena für zehntausend Zuschauer spendieren wolle, falls die Löwen die letzten beiden Spiele für sich entscheiden und so den Abstieg noch verhindern könnten. Neben dem Text war ein großes Foto des Mäzens auf dem Sportplatz in der Altstadt. Die Bildunterschrift lautete: Auf diesem Acker will der geschäftsführende Gesellschafter der Schwarz Bau GmbH einen Fußballtempel bauen.

Von Julia weiß ich, dass Schwarz nicht gerade an mangelndem Selbstvertrauen, sprich: Sendungsbewusstsein, leidet. Bier sei für ihn Bier und Schnaps Schnaps. Die Arbeit ist sein Leben, der Verein sein Spielzeug – quasi Abramowitsch, nur ein paar Nummern kleiner. Menschen sind ihm egal. Einzige Ausnahmen: Politiker und Beamte, die über öffentliche Bauvorhaben entscheiden. Zu einer halben Fußballmannschaft an Staatssekretären und Ministerialdirigenten pflegt er deshalb ein ausgesprochen freundschaftliches Verhältnis: gemeinsame Urlaube in der Karibik, Formel 1 in Malaysia, Champions League in Barcelona inklusive – auf Kosten der Firma. Wahrscheinlich bedarf es solcher Kontakte, um es im Geschäftsleben so weit zu bringen. Immerhin kam der Präsident von ganz unten.

Zwar war seine Mutter eine echte Schauspieldiva gewesen, hatte aber zu Lebzeiten mehr ausgegeben als eingenommen und deshalb ihrem Sohn einen schönen Berg Schulden hinterlassen. Stefan, genannt Stofferl, wollte sich aber nicht damit abfinden, dass seine Mutter in einem Armengrab im hintersten Winkel des Stadtfriedhofs beerdigt worden war. Er schwor, dass er eines Tages genug Geld verdienen würde, um mindestens ein kleines Mausoleum für sie zu bauen. Nach der Zehnten ging er vom Gymnasium ab, machte eine Maurerlehre, hielt als jüngster Geselle den Meisterbrief in Händen, gründete seine Firma, schuftete Tag und Nacht, expandierte, diversifizierte, riskierte, spekulierte und hatte eines Tages genug zusammen, um einen Geldspeicher zu füllen.

Das Mausoleum für den Leichnam seiner Mutter mauerte er mit eigenen Händen. Die Hochzeit mit Julia, einer geborenen, wenn auch verarmten »von und zu«, war das gesellschaftliche Ereignis in der jüngeren Stadtgeschichte. Das Lokalfernsehen aus Rosenheim übertrug viele Stunden live aus Wasserburg. Lokale wie überregionale Prominenz aus Wirtschaft, Politik, Kultur und Sport war zu den Feierlichkeiten geladen.

Vor drei Jahren heftete ihm dann sogar der Ministerpräsident, der es einst in Berlin nur ganz knapp nicht zum Kanzler gebracht hatte, persönlich das Bayerische Verdienstkreuz an den Trachtenjanker. »Laptop und Lederhose, Tradition und Moderne«, sagte der Regierungschef, ein Frühstücksdirektor aus Wolfratshausen, zwischen vielen liebevollen Ähs, dafür stehe Dr. h. c. Stefan Schwarz, »unser Stofferl«.

»Danke, Herr Ministerpräsident, lieber Edmund«, bedankte sich der gerührte Baulöwe und brüllte anschließend die Bayernhymne aus vollem Herzen: Gott mit dir, du Land der Bayern, deutsche Erde, Vaterland! Über deinen weiten Gauen ruhe seine Segenshand!

Meine Gedanken wurden jäh unterbrochen, als sich plötzlich der Leibhaftige vor mir aufbaute und mich anraunzte: »Ich behalte dich im Auge, Watzmann.« Schwarz streckte seine Hand aus. Ich schlug ein. Er drückte zu, ich hielt dagegen. Wir blickten uns voll gegenseitiger Verachtung in die Augen. Bis er den Handschlag löste.

»Ich warne dich. Bau keinen Scheiß«, schnauzte er mich an.

»Fürs Bauen bin ich nicht zuständig«, schnauzte ich zurück.

»Dich kauf ich mir auch noch«, versprach der Präsident.

Dann hob der Stofferl den Zeigefinger der rechten Hand und deutete mit ihm in meine Richtung, bevor er mir den Rücken zudrehte und an einem der anderen Tische einen Stadtrat und dessen werte Frau Gemahlin begrüßte.

Selber schuld, meldete sich die innere Stimme. Die Suppe hatte ich mir ganz allein eingebrockt. Jetzt musste ich sie auch ganz allein wieder auslöffeln. Wer den Schaden hat, braucht für den Spott nicht zu sorgen.

»Ciao«, sagte ich zu Bruno. »Scusi« zum Präsidenten, als ich ihn im Vorbeigehen versehentlich anrempelte und er seine Krawatte in die Tomatensuppe der Stadtratsfrau eintunkte.

Auf dem Weg zum Sportgeschäft meines Vertrauens, wo ich direkt im Anschluss ans Mittagessen neue Fußballschuhe und Schienbeinschützer kaufen wollte, klingelte mein Handy. Ich zog einige Blicke in der Fußgängerzone auf mich, was womöglich meinem Klingelton geschuldet war: »Fußball ist unser Leben, der König Fußball regiert die Welt.« Am anderen Ende der mobilen Leitung meldete sich Kassandra. Statt sich aber, wie ich hoffte, wieder mit mir zu versöhnen, sagte sie bloß, ich solle am Abend ab halb zehn Radio hören.

»Ich habe Ronaldinho auf Sendung.«

8

Das war vielleicht ein Hallo um sieben Uhr am Mittwochabend: Watzmann in komplett durchgestylter Sportlerkluft. Zur Feier des Tages trug ich das Nationalmannschaftstrikot der Brasilianer mit der dominierenden Farbe Gelb plus Grün und Blau. Über dem Bauch spannte das Trikot ein wenig. Kein Problem, zog ich ihn halt ein, den Bauch. Außerdem hatte beispielsweise der lustige Ex-Bremer Herr Ailton, der nur einen Sommer für den HSV gekickt hatte, auch nie zu den schlanksten Bundesligaprofis gezählt. Dafür war der Kugelblitz die hundert Meter unter elf Sekunden gelaufen. »Ailton schnell heute wieder hat gemacht drei Tore wunderbar links rechts vorbei Torwart keine Chance Deutscher Meister okay.« So viel zum Thema Interview mit dem Bundesliga-Fußvolk.

»Männer«, referierte Alois – wir standen im Kreis am Mittelpunkt –, »ich darf euch unseren spektakulären Neuzugang vorstellen: Johann Watzmann. Die meisten werden ihn kennen – entweder als Detektiv oder noch als Stürmer. Zusammen mit dem Rudi Pasolini hat er vor ein paar Jahren sechzig Tore in einer Saison geschossen. Vereinsrekord. Watzmann hat sich dankenswerterweise überreden lassen, in den letzten beiden Spielen für uns aufzulaufen.« Die Männer klatschten in die Hände oder mich ab oder schlugen mir mit der flachen Hand auf den Rücken oder tätschelten meinen Hintern. Warum, weiß ich nicht. Vermutlich Ritualverhalten. »Ja danke«, sagte ich und grinste in die Runde. »Spielen wir Ball«, schlug ich vor.

Ich hätte mal lieber meinen Mund nicht so weit aufgerissen. Nach dem üblichen Aufwärmgeplänkel, das der gemeine Fußballer als eher störend empfindet, ging es ganz schnell zur Sache. Zweikämpfe wurden geübt, Flanken, Torschüsse, Spielkombinationen, Kurzpassspiel, Langpassspiel, Übersteiger, Kopfbälle und dazwischen immer wieder Spurten. Kurze Spurts, lange Spurts, Spurts durch Stangen mit Ball, Spurts durch Stangen ohne Ball. Nach zwei Stunden war ich so fertig, dass ich mich am liebsten mit einem Rollstuhl in die Kabine fahren lassen wollte. Ich schlich vom Feld, mein Trikot war durchgeschwitzt. Es schien, als hätte ich bereits geduscht. Meine Haare klebten. Ich hatte unglaublichen Durst und trank mindestens zwei Liter Wasser.

»Das war doch schon recht ordentlich«, lobte mich der Alois. Ich nickte nur. Zum Sprechen fehlte mir die Kraft. »Nach dem Duschen gehst du gleich zum Hansi.« Hansi ist der Mann, der sich bei den Löwen um geschundene Fußballerwaden kümmert. Ich duschte kurz. Hansi massierte lange. »Nicht dass du am Samstag nicht laufen kannst. Vor lauter Muskelkater.« Ich musste lachen, weil ich es für gut möglich hielt, nie wieder irgendwohin zu laufen. Schon gar nicht einem rollenden runden Kunststoffleder hinterher.

Die Massage aber half mir tatsächlich auf die Beine, und ich war rechtzeitig zu Kassandras Abendsendung zu Hause. Ich duschte nicht, weil ich das ja schon im Vereinsheim erledigt hatte. Den Brunello ließ ich auch im Weinregal stehen, schließlich war ich nun wieder Sportler, wenn nicht sogar der Hoffnungsträger des Wasserburger Fußballs. Nur mit Ronaldinho hatte ich während des gesamten Trainings kaum ein Wort gewechselt. Weil ich dafür nicht genügend Atem zur Verfügung hatte. Schöner Plan, sagte ich mir. Ein bisschen trainieren und nebenbei den Karpatenmann aushorchen. Schwamm drüber.

Ich kredenzte mir in der Küche einen grünen Tee mit Honig und aß noch eine Vollkornsemmel mit Käse, bevor ich mich auf die Sofalandschaft fläzte. Das Radio war eingeschaltet, der richtige Sender eingestellt. Nach zwei Musikstücken von Franz Ferdinand und den Kaiser Chiefs kam Kassandras Stimme ganz sanft über den Äther. Offenbar konnte sie ihr manchmal krawallig anmutendes Endlos-Geschnatter auf Knopfdruck abstellen. Im Radio hatte ihre Stimme einen ausgesprochen erotischen Klang. »Liebe Hörerinnen und Hörer, bei uns heute Abend zu Gast: Ion Ionesco. In Wasserburg besser bekannt als Karpaten-Ronaldinho. Wie bist du zu diesem Namen gekommen, Ion?«

Der Karpatenmann erzählte wahrscheinlich zum hundertsten Mal die Geschichte. Ihr folgten weitere Banalitäten. Dann wieder Musik: Oasis mit »Wonderwall«. Die Aufwärmrunde hatte Kassandra als Fragestellerin gemeistert. Jetzt war Ronaldinho fällig, endlich Butter bei die Fische zu geben – so sagt man, glaube ich, im hohen Norden. Kassandra, meine Kassandra, meine wunderbare Detektivkollegin Kassandra, zog dem jungen Mann in den folgenden sechzig Minuten so ziemlich alles aus der Nase.

So ziemlich alles war Folgendes: Als Ion zehn Jahre alt war, holte der Präsident des TSV 1880, der auch der Rumänienhilfe Oberland vorsteht und bei den Rotariern aktiv ist, ihn und seine zwei Jahre ältere Schwester aus einem Heim zu sich nach Wasserburg. Sie durften im Dachgeschoss der Villa wohnen. Ion besuchte das Luitpold-Gymnasium und beendete es als Jahrgangszweitbester. Im Augenblick leistete er Zivildienst im Seniorenstift auf der Burg. Die Schwester führte seit der Scheidung des Präsidenten den Haushalt. Im Heim in Bukarest hatte Ion mit dem Fußballspielen begonnen. Natürlich war Gheorghe Hagi sein großes Vorbild, aber für die Nationalmannschaft werde es bei ihm nicht reichen. Dafür sei er nicht gut genug. Nach dem Zivildienst wolle er deshalb in München Medizin studieren und vielleicht eines Tages wieder nach Rumänien zurückgehen, um dort zu helfen. »So wie Herr Schwarz«, ergänzte Ion Ionesco eine Spur zu untertänig. Ich meinte Angst im Unterton wahrzunehmen. Anschließend wieder Musik: Eine unbekannte Band aus Ostdeutschland mit englischen Texten, Country-Riffs und Klarinettensolos. Klang seltsam, aber neu. Ich war überrascht und nahm mir vor, Kassandra nach einer CD zu fragen. Falls sie je wieder mit mir reden wollte.

»Du bist ein gutaussehender Kerl, die weiblichen Fans stehen auf dich. Bist du eigentlich noch zu haben?« Der Karpaten-Ronaldinho rang nach einer Antwort. Im Radio entstand eine peinliche Pause. Gebannte Stille. Der Interviewte wusste nicht, was er antworten sollte, und entschied sich für die Ronaldinho-Antwort: »Dank des Balls habe ich ein erfülltes Leben. Wenn ich spazieren gehe, wenn ich fernsehe, wenn ich schlafe: Immer habe ich einen Ball an meiner Seite. Der Ball ist meine Freundin, mein Kumpel, er ist alles für mich. Wenn ich könnte, würde ich den Fußball essen!«

Kassandra stockte. Wahrscheinlich musste sie diese Antwort erst verdauen. »Schöne Vorstellung: den Fußball essen.« Sie kicherte, um dann schnell wieder ernst zu werden. »Letzte Frage, kurze Antwort«, hauchte sie ins Mikro. Ich fühlte eine leichte Gänsehaut auf meinen Unterarmen. »Wie sehr fehlt dir Rudi Pasolini?«

»Ziemlich«, antwortete Ionesco. Die Live-Sendung war zu Ende. Als sich Kassandra bei ihren Hörern verabschiedete und das letzte Musikstück des Abends ansagte, sei Ion – so berichtete sie eine halbe Stunde später auf meiner Couch – im Studio in Tränen ausgebrochen. Es war nicht leicht, ihn wieder zu beruhigen. »Er hat geheult wie ein kleines Mädchen«, zitiere ich nun Kassandra wörtlich.

Während wir noch das eine oder andere Gläschen bei mir tranken – Kassandra Brunello, ich Tee –, fassten wir unseren Kenntnisstand zusammen. Schon bald waren wir uns einig, dass wir im Grunde noch immer viel zu wenig wussten. Das Motiv war unklar. Weshalb hätte dieser Karpaten-Ronaldinho seinen Sturmpartner töten sollen? Was war vorgefallen? Was übersahen wir?

Jedenfalls hatte sie mir meine schnippische Bemerkung am Mittagstisch verziehen. Ich entschuldigte mich trotzdem noch einmal in aller Form und stellte ein exquisites Candlelight-Dinner in Aussicht. »Ich koche«, sagte ich. Sie signalisierte Zustimmung, schränkte aber ein, dass sie von vegetarischer Ernährung nicht viel halte: »Ich mag Tiere, heiß und fettig. Ich ess nur, was ein Gesicht hat. Sojaburger machen nicht satt.«

Mit einem Kuss auf die Wange verabschiedete sie sich um kurz vor eins in der Nacht zum Donnerstag. Unsere Schlussfolgerung lautete: Ich sollte weiter am Ball bleiben. Sehr zur Freude meiner alten, müden Knochen. »Armer Watzmann«, flüsterte Kassandra in meinen linksseitigen Gehörgang, Gänsehautfeeling pur und inklusive.

Trotz Gänsehaut schlief ich – zum ersten Mal seit Tagen – endlich wieder gut. So gut, dass mich um zehn Uhr am nächsten Morgen das Telefon aus den süßesten Träumen riss. Ich träumte gerade von einer einsamen Insel, nur Kassandra und ich; die Lost-Insel aus dem Fernsehen wirkte dagegen städtisch. Nicht dass ich auf die Kassandra abfahren würde. Aber nett finden werde ich sie doch dürfen. »Hi. I'm Joe Watzmann from Lost. We love to entertain you«, meldete ich mich am Telefon. Ich sollte echt weniger fernsehen.

»Guten Morgen, Joe Watzmann«, erwiderte meine Halbtagssekretärin. »Ach so, du bist verloren. Ich frag bloß, weil Kundschaft für dich da ist. Dein Zehn-Uhr-Termin, falls du dich erinnerst.« Vor lauter Mord, Fußball und Ronaldinho hatte ich meine eigentliche Arbeit glatt vergessen. Zur Erinnerung: Seit fast fünf Jahren halte ich mich vor allem durch Eifersüchteleien über Wasser, Beschattungen von untreuen Ehegatten und Gattinnen, Freunden und Freundinnen, Parteifreunden und Parteifeinden. Nur deshalb kann ich mir ja auch die Julia als Geldeintreiberin leisten. Sollte ich aber weiter meine Nase in Mordfälle stecken, werde ich bald keine Geldeintreiberin mehr brauchen, weil es dann nichts mehr zum Eintreiben gibt. Und der Staat, sprich: Polizei, wird mich kaum für meine Dienste bezahlen. Obwohl so ein Beratervertrag auch nicht schlecht wäre. Mr. Monk lässt grüßen. Hoppla, schon wieder das Fernsehen!

»Halt ihn hin«, bat ich Julia, »sag, ich stecke im Stau, sei in einem wichtigen Meeting, oder lass dir was einfallen.« Julia legte auf. Sie hatte verstanden. Als ich aber zehn Minuten später mein eigenes Büro in der Schustergasse stürmte, war die Kundschaft schon über alle sieben Berge, Luft sozusagen.

»Wo ist er?«, fragte ich die Vizepräsidentin für Forderungsmanagement und schnappte wie Boris Becker in seiner Karpfenzeit nach Luft. »Lost«, antwortete Julia. Fast hätte ich lachen müssen.

Ich schenkte mir eine Tasse Kaffee ein, verzichtete aber auf das obligatorische Croissant mit Schokoladenfüllung.

»Wir müssen reden«, sagte ich streng, ganz Effe quasi Scheffe.

»Worüber?«

»Über deinen Mann natürlich.«

»Ex-Mann!«

»Versteht sich von selber.«

Ihr war's egal. Julia wollte gar nicht wissen, wieso ich alles, was ich noch nicht über ihren Verflossenen wusste, sofort wissen musste. Sie stand bereitwillig

Rede und Antwort. Vielleicht war sie mir tatsächlich noch immer dankbar, weil ich ihr seinerzeit mit den Schmuddelfotos die Augen geöffnet und auf diese Weise wenigstens ein paar Mark Unterhalt gesichert hatte.

In der nächsten Stunde erfuhr ich, dass Stofferls Engagement in der Rumänienhilfe nur Teil eines geschickt geschmiedeten Geschäftsplans war. Mit den Hilfsgeldern für Waisenhäuser und andere soziale Zwecke wollte er sich in Bukarest die Sympathie der Regierung kaufen. Die wiederum hatte genügend Geld für Infrastrukturmaßnahmen, sprich: Straßen, Autobahnen, Krankenhäuser und Schulen, aus EU-Töpfen zur Verfügung, die sie im Land investieren musste. Die Schwarz Bau GmbH verdiente ein Vermögen.

»Die Kinder, Ion und Tatjana, waren nur Staffage. Vorzeigeobjekte, für die er sich nie interessiert hat. Die ihm aber den Titel eines Honorarkonsuls der Republik Rumänien eingebracht haben«, berichtete Julia weiter. Alle Welt halte Stefan Schwarz fälschlicherweise für einen Philanthropen. Dabei gehe es ihm nur um den schnöden Mammon. »Im wahrsten Sinn des Wortes.«

»Und Frauen?«, fragte ich.

»Was meinst du?«

»Hat er eine Freundin?«

»Er ist sogar verlobt. Mit dem größten Flittchen von ganz Wasserburg.«

»Wer soll das sein?«

»Kennst du die Uschi Brandner?«, fragte Julia und lachte dann gekünstelt.

Ich war für einen Moment sprachlos.

9

Nach einer Tasse heißen, reinen, schwarzen, süßen Kaffees im Venezia zu Mittag streifte ich ziellos übers Kopfsteinpflaster durch die Altstadtgassen und genoss das schöne Frühsommerwetter. Die Sonne schien in ihrer ganzen Pracht vom blauweiß karierten Himmel. Wasserburg präsentierte sich an diesem Donnerstag von seiner schönsten Seite. Bestes Fotografierwetter für die Japaner und Chinesen, die sie neuerdings hier durchschleusen – auf halbem Weg von München zum Schloss vom König Ludwig auf Herrenchiemsee. Einen besseren Tag für seine Beerdigung hätte sich der Rudi nicht aussuchen können.

Zu Hause wechselte ich in aller Ruhe die Klamotten. In den schwarzen Hugo-Boss-Anzug musste ich mich zu meiner eigenen Überraschung nicht hineinzwängen. Er saß am Bund und an den Oberschenkeln sogar locker, was nicht immer so gewesen war. Ich erinnere mich noch gut: Als letztes Jahr der Herrmannsdorfer Josef, der Wirt vom Inn-Bräu, eingebuddelt wurde – ein Fettsack wäre neben mir glatt als Waschbrettbauch-Modell durchgegangen.

Der Trauerzug von der Stadtkirche bis zum Friedhof im Hag neben der Beamtenschule, wo auch die Filmdiva begraben liegt, maß bestimmt hundertfünfzig Meter. Der Rudi war sehr beliebt gewesen in Wasserburg. Nicht nur, weil er den Wunderstürmer vom TSV 1880 perfekt verkörpert hatte, sondern auch wegen seiner freundlichen, ruhigen und respektvollen Art:

»Rudi Pasolini hatte immer ein Ohr für seine Mitmenschen«, fasste es der Herr Stadtpfarrer gekonnt zusammen und schlug sehr würdevoll das Kreuzzeichen, als sie den Sarg in das Familiengrab der Pasolinis senkten. Die Wasserburger Blaskapelle spielte ein Potpourri von Rudis Lieblingssongs, der Kirchenchor verlieh den Abba-Liedern Stimme. Nach »Knowing me, knowing you« kam »Waterloo« und dann »The winner takes it all«. Die Abordnungen der Vereine, in denen Rudi Mitglied gewesen war, sprachen abschließende Worte, die Fahnenjunker schwenkten schwere Stoffe. Ich stand neben Kassandra und weinte – Schlosshund Spaßvogel dagegen.

Dabei hasse ich es, wenn Männer vor Publikum weinen. Jetzt aber konnte ich das Wasser nicht mehr halten. Die Trauer, der Moment, der Abschied, die Erinnerung krachten mit einem Mal über mir zusammen und entluden sich in einem Meer aus Tränen. Noch mehr hasse ich es, wenn Männer von Tränenmeeren sprechen, aber wie sollte ich den Augenblick sonst beschreiben? Mit einem billigen Filmzitat? – Notting Hill: Julia Roberts zu Hugh Grant: »Ich bin auch bloß ein Mädchen, das vor einem Jungen steht und ihn bittet, es zu lieben.« An dieser Stelle und am Filmende, wenn sich die Roberts vor der Weltpresse zu Hugh Grant bekennt, sind Männertränen gerechtfertigt, finde ich. Und am Grab des besten Freundes sowieso.

Nachdem die Trauergäste Rudis Eltern kondoliert und eine Handvoll Erde in das offene Grab geworfen hatten, führten Feuerwehr, Fußballabteilung und die Wechselbankkollegen den Marsch zum Sportplatz an, wo in einem eigens aufgebauten Zelt der Leichenschmaus seinen Anfang und für viele die Erinnerung an Rudi Pasolini ihr Ende nahm. Aus den Augen, aus dem Sinn. Da kannst du noch so ein großer Fußballheld und feiner Mensch gewesen sein. Die Kapelle spielte mit »Chiquitita« und »Super Trouper« die letzten Chartstürmer von Abba, bevor sie sich aktuelleren Hits zuwandte. Stanislaus Brunowski alias Bruno und seine Köche versorgten die Gäste mit italienischen Köstlichkeiten, der Präsident übernahm großzügig die Kosten. »Das bin ich dem Rudi schuldig«, sprach er sehr staatsmännisch in Kassandras Reporter-Mikro.

Ich stand noch eine ganze Weile auf dem Friedhof, einige Meter hinter Rudis Eltern, die den Tod ihres Sohnes nicht fassen konnten. Frau Pasolini hakte sich bei ihrem Mann unter und legte den Kopf an dessen Schulter. Beide sagten kein Wort, ihre Trauer war die Stille. Alle Augenblicke musste sich einer von den beiden schnäuzen.

Am Friedhofseingang lehnten die Totengräber gelangweilt an einem farblosen Miniaturbagger und rauchten selbstgedrehte Zigaretten. Sie warteten darauf, ihr Werk zu vollenden, sprich: das Grab wieder zuzuschaufeln. Ich musste bei ihrem Anblick an den Totengräber im Hamlet denken – den mit Yoricks Schädel. Fehlte nur noch, dass auch sie zu singen anfingen: »Ein Grabscheit und ein Spaten wohl, samt einem Kittel aus Lein. Und oh, eine Grube, gar tief und hohl, für solchen Gast muss sein.« Natürlich sangen sie nicht. War ja auch eine echte Beerdigung und keine Folge von »Six feet under«.

Es war Rudis Vater, der mich aus meinen Gedanken riss. Er legte mir seine schmale rechte Hand auf die linke Schulter. »Schön, dass du gekommen bist, Johann«, sagte er. Seine Frau versuchte zu lächeln, musste aber weinen. »Finde seinen Mörder, Sherlock!«, sagte Frau Pasolini schließlich, die für ihre sechzig Jahre eine noch immer sehr schöne Frau war. »Und rette die Löwen vor dem Abstieg!«, ergänzte ihr Mann, ein hochgewachsener, stets adrett gekleideter Herr, der bis zu seiner Pensionierung die Rathauskasse verwaltet hatte und jetzt an einer Chronik über Wasserburg arbeitet, wenn er nicht gerade Touristengruppen durch die Gassen seiner Stadt führt.

»Hatte Rudi Feinde?«, stellte ich die klassische Kommissarsfrage.

»Der Rudi Feinde?«, fragte Herr Pasolini Frau Pasolini. Die schüttelte den Kopf. »Nicht dass wir wüssten«, sagten sie dann gleichzeitig.

»Und eine Freundin?«

Sie überlegten kurz und schüttelten wieder ihre Köpfe.

»Meine Frau ist kränklich«, lenkte Herr Pasolini vom Thema ab. »Sie muss sich hinlegen. Aber besuch uns doch nächste Woche. Wir werden nachdenken. Vielleicht können wir dann weiterhelfen.«

»Geld spielt keine Rolle«, fügte Frau Pasolini hinzu.

Sie drehten sich um und gingen. »Kein Geld«, wollte ich noch sagen, aber die Friedhofsarbeiter polterten bereits los. In einer Lautstärke, die Tote weckte.

Ich schaute nach dem Gespräch mit Rudis Eltern noch kurz im Trauerzelt vorbei. In einer Ecke saßen meine neuen Mannschaftskollegen vor nicht einmal halb geleerten Bierkrügen und versuchten, dem Karpatenmann gut zuzureden. Ion Ionesco war aber untröstlich.

Bei den Lokalpolitikern hockte der Präsident der Löwen, der frisch gekürte Unternehmer des Jahres im Landkreis Rosenheim, und feierte seinen jüngsten Ehrentitel. Kassandra stand irgendwo abseits des Getümmels und hielt sich an einem Glas Rotwein fest. Ich stellte mich an ihren Bistrotisch und nippte an einem Bardolino. Kein Alkohol ist auch keine Lösung. Andererseits konnte ich mich vor dem schweren Spiel in Ampfing nicht abschießen.

»Gibt's was Neues?«, fragte ich.

»Nicht viel«, antwortete Kassandra.

Wir schwiegen.

»Gemeinsam lässt es sich viel leichter schweigen«, fand Kassandra und blickte zu mir. Selbst wenn sie schwieg, musste sie reden.

Aus sicherer Entfernung beobachteten wir die Polizei in Person des lästigen Obermeisters Gabriel beim Abklappern der voll besetzten Tische. Gewiss eine günstige Gelegenheit, um Informationen einzuholen. Trotzdem fand ich es pietätlos.

»Immer im Dienst«, kommentierte ich, als Gabriel an uns vorbeistolzierte.

»Sowieso«, sagte der Polizist und grinste.

»Druck von oben?«, fragte ich milde.

»Wenn ich helfe, Rudis Mörder zu überführen, dann empfiehlt mich der Herr Hauptkommissar für den gehobenen Dienst, also Kommissarslaufbahn. Vielleicht sogar Kripo.«

»Dann wärst du deine grünen Rangabzeichen los.«

»Genau!«

»Und die Uniform.«

»Richtig, Sherlock.«

Gabriel stoppte in diesem Augenblick mit einer schnellen Armbewegung den Kellner und bestellte Vor-, Haupt- und Nachspeise in einem, die man ihm bitte an den Tisch der Fußballer bringen möge.

»Ich pack's dann wieder«, verabschiedete er sich wichtig. »Ermitteln.«

Dazu schwieg nun selbst Kassandra.

Wir beschlossen, ein paar Meter auf dem Inndamm, sprich: Skulpturenweg, stadteinwärts zu spazieren. Der Lärm, vor allem der Trubel im Zelt, nervte. Kassandra regte an, in Schwarz' Umfeld zu recherchieren.

»Der Kerl ist nicht koscher«, sagte sie konspirativ. Ich berichtete, was mir seine Exfrau am Vormittag erzählt hatte, inklusive der Uschi-Brandner-Sache. Kassandra staunte. Einen Moment dachte ich, sie wäre jetzt endlich einmal sprachlos. Doch dann plapperte sie sofort weiter und fragte am Ende ihres Vortrags, was ich eigentlich als Nächstes zu tun gedachte.

»Wir treffen uns um fünf am Parkhaus«, umschrieb ich meine unmittelbare Zukunft.

»Wieso? Weshalb? Warum?« Wer nicht fragt, bleibt dumm.

»Trainingslager vor dem Spiel gegen Ampfing. In

der Nähe von Marktl, sprich: Altötting. Zwecks göttlichem Beistand, vermute ich. Nicht nur der Papst kommt aus der Gegend, sondern ursprünglich auch der Schweighofer Alois.«

»Verstehe: Der Geist von Spiez.«

»So ähnlich.«

Am Ende beziehungsweise Anfang des mit Skulpturen vollgestellten Inndamms wenige Meter vor dem Brucktor, setzten wir uns auf ein Bänkchen, hielten unsere Gesichter in die Sonne und blickten zum Kellerberg auf die gegenüberliegende Flussseite hinüber, wo sie das zweite kostenlose Stadtparkhaus hingebaut haben. Ich erzählte Kassandra von einem Bericht über die im Berg freigelegten und von engagierten Bürgern restaurierten Bierkeller, den ich vor ein paar Tagen erst in der Wasserburger Zeitung gelesen hatte.

Mit den Bierkellern sei ein Zeugnis der Wirtschafts- und Technikgeschichte Wasserburgs entstanden, hatte ein Herr von der Landesstelle für Nichtstaatliche Museen bei der Jubiläumsfeier referiert. Das Bestechende an den Bierkatakomben ist – so der Experte weiter –, dass das Hauptthema des Museums, die Kälte, für jeden Besucher spürbar ist. Die Bierkeller waren bis weit ins zwanzigste Jahrhundert die einzige Möglichkeit, untergäriges Bier über den Sommer haltbar zu machen. Ohne Sommerbierkeller herrschte von Georgi bis Michaeli Brauverbot, die Sude kippten in der warmen Jahreszeit. Wenn man bedenkt, dass die Sommerbierkeller keine natürlichen Höhlen sind, sondern von Menschenhand geschaffen, dann zeigt das auch den Stellenwert des Gerstensafts. Ein Stellenwert, der in Bayern besonders ausgeprägt ist, zumal es eine ähnliche Symbiose aus Region und Lebensmittel höchst selten gibt. Die Kellerfreunde – so hatte ich im Infokasten neben dem Bericht gelesen – bieten auf Wunsch Führungen durch die Katakomben an. Und die Schirmherrschaft hat die angehende Frau Präsidentin Uschi Brandner übernommen.

Kassandra lachte und schlug vor, bei nächstbester Gelegenheit eine solche Führung mitzumachen. Nach einem kritischen Blick auf meine Uhr erhoben wir uns von dem gemütlichen Rastplatz. Kassandra trat auf mich zu und wollte mich umarmen. Ich verstand erst nicht, was los war, und wusste nicht, wohin mit meinen Armen. Dann schaffte ich es doch noch, und sie legte ihr linkes Ohr an meinen Brustkorb. So standen wir eine ganze Weile eng umschlungen. »Viel Glück«, wünschte sie mir schließlich und löste die Umarmung.

»Pass auf dich auf«, sagte ich besorgt, nachdem wir die Innbrücke überquert hatten und vor dem hupenden Bus am Parkhaus standen.

Ich fühlte mich nicht wohl bei dem Gedanken, Kassandra allein in Wasserburg zurückzulassen. Wenn sie etwas über das Leben und die Gepflogenheiten von Schwarz erfahren wollte, musste sie ihm zwangsläufig nahe kommen.

Mir hatte der Bauunternehmer damals zehntausend Mark geboten. Im Gegenzug hätte ich die Fotos und die Negative vernichten müssen, die ihn in unzweideutiger Pose im Puff mit zwei Prostituierten aus Frankreich zeigten. »Baise moi«, hielt ich für eine lustige Antwort. Schwarz hätte mir dafür beinahe das Nasenbein gebrochen. In jungen Jahren war er ein erfolgreiches Mitglied der Boxsportabteilung des TSV 1880 gewesen, während ich Faustsport nur aus den Rocky-Filmen kenne.

»Servus«, murmelte ich zum Abschied verlegen und stieg über drei kleine Stufen in den Bauch des Mannschaftsbusses. »Wo bleibst du, Watzmann?«, schimpfte mich der Alois und zeigte mit der Nasenspitze auf seine japanische Digitaluhr: zwölf nach fünf.

Ich verzog mich vor dem drohenden Donnerwetter auf die Rückbank und riskierte noch einen schnellen Blick aus dem Busfenster nach hinten: Kassandra stand in ihrem schwarzen Kleid einfach nur da – und sah schön aus.

10

Der Trainer hielt es für eine der cleversten Ideen seiner Laufbahn, den Karpaten-Ronaldinho und mich bis zum Spiel am Samstag in ein und dasselbe Zimmer zu verfrachten, praktisch Senior und Junior. Wie seinerzeit Fritz Walter und Helmut Rahn bei der WM 1954. Wir Stürmer sollten uns kennenlernen, beschnuppern, aufeinander einstellen und Laufwege besprechen. Schließlich ruhten die letzten Hoffnungen der Löwenfans auf unseren vier Schultern und dem Budenzauber, den wir bei den noch ausstehenden beiden Spielen entfachen sollten.

»Gute Idee«, pflichtete ich dem Alois bei. Dracula, wie die Mannschaftskameraden den Karpaten-Ronaldinho riefen, war es gleichgültig, wer mit ihm im spartanisch eingerichteten Mannschaftshotel das Doppelzimmer teilte.

Wir waren irgendwo in der Pampa einquartiert. In der Nähe eines Rübenackers, den sie uns als Fußballplatz verkauften. In einer Ortschaft, deren Name nie fiel und den ich auch nicht in Erfahrung bringen wollte. Ich hatte ja auch weiß Gott anderes im Sinn, als mich um die Landschaft und die karge Auskunftsfreudigkeit meiner Mitmenschen zu kümmern. Erstens musste ich mein Kopfballspiel bis zum Anpfiff noch verbessern und zweitens das Vertrauen des Pasolini-Mörders gewinnen. Zu diesem Zeitpunkt stand Ion Ionesco auf meiner persönlichen Täterrangliste ganz weit oben, auf der Pole Position sozusagen.

Natürlich verzichtete selbst der Schweighofer Alois, der in der Liga als Schleifer, sprich: Quälix, bekannt ist, zwei Tage vor dem großen Spiel auf sein geliebtes Konditionsbolzen mit Bleiwesten und Treppensteigen. Nachdem wir angekommen waren, die Zimmer bezogen, unsere Ausrüstung ausgepackt und in staubigen Schränken verstaut hatten, spazierten wir eine Stunde auf abgelegenen Feldwegen durch die Landschaft. Ich ging am Ende des Gefangenenchors an der Seite Ronaldinhos, der pausenlos schwieg. Das glatte Gegenteil von Kassandra. Ich fragte mich den ganzen Spaziergang über, was sie wohl gerade machte.

Zudem überlegte ich, wie ich meinen Mitstürmer aus seiner Lethargie reißen und ihn in ein Gespräch verwickeln könnte. Ich kramte in meinem Gedächtnis nach Wissen über Ions alte Heimat. Aber was wusste ich schon von Rumänien? Außer Ceaușescu und Securitate. »Euer König Karl war Deutscher«, fand ich schließlich den, wie ich glaubte, perfekten Einstieg. Geschichte ist immer gut. Schlösser, Burgen, Könige und Ahnen. Ronaldinho reagierte auf keines meiner Reizwörter. »Aus dem Hause Hohenzollern-Sigmaringen.« Ich fixierte seine Augen mit den meinen, blickte aber ins Leere.

»Wo steht noch mal diese Burg?«

»Welche Burg?«, fragte Ionesco plötzlich.

»Diese Hohenzollernburg. Von König Carol.«

»Siebenbürgen.«

»Über Siebenbürgen musst du gehen, sieben dunkle Jahre überstehn«, stimmte ich Peter Maffay frei nach Johann Watzmann an. Der Karpatenmann verzog keine Miene. Kein Lächeln, kein Grinsen, kein Lachen. Nur Stille, Schweigen, Ruhe.

»Ihr habt ja da auch das zweitgrößte Gebäude der Welt«, wagte ich nach zehn weiteren Schweigeminuten einen erneuten Anlauf. »Diesen Palast in Bukarest.«

»Und was ist das größte?«, murmelte Ionesco gelangweilt.

Ich war für den Moment einer Sekunde verdutzt.

»Das Größte?«, fragte ich.

»Das größte Gebäude der Welt.«

»Das Pentagon, glaube ich.«

Wir schwiegen bis zum Abendessen. Dann schwiegen wir während der anschließenden Mannschaftssitzung, auf der ohnehin nur der Alois und sein Co-Trainer sprachen und uns an der Taktiktafel die Aufstellung für das Ampfing-Spiel erklärten. Anschließend schwiegen wir auf unserem Zimmer. Ronaldinho las in der Biografie von Albert Schweitzer, ich spielte auf dem Gameboy Fußball und fand kurz vorm Einschlafen eine Bibel im Nachtkästchen. Ich blätterte, bevor ich die Augen schloss, noch ein paar Minuten im Buch Genesis, quasi Paradies, also Adam, Eva und Konsorten. Gott, dachte ich während meines Stoßgebets vorm Einschlafen, ist schon ein Klasse-Detektiv gewesen. Der hat sich nicht so leicht verarschen lassen.

Es wurde Nacht, und es wurde Morgen: zweiter Tag im Trainingslager.

Nach dem Frühstück probierte ich es auf Kassandras Handy. Ich hatte aber nur das Vergnügen mit der Mailbox: »Hallo, hier spricht Sandra. Leider nur die Mailbox. Nachricht bitte nach dem Piep.« Ich hinterließ keine.

Den Rest des Vormittags stand ich auf dem Rübenacker und versuchte, Flankenbälle ins Tor zu köpfen. Mir fehlte aber das genaue Timing. Entweder sprang ich zu früh hoch oder zu spät. Nur in den seltensten Fällen fiel die Kirsche direkt auf meine Birne. Anschließend übte ich Doppelpässe mit Ronaldinho, die mit einem Torschuss aus sechzehn Metern vollendet werden sollten. Ions Gewaltschüsse schlugen ohne Ausnahme im Winkel ein. Meine gewaltfreien Schüsse landeten zu oft in den Armen unseres Torwarts. Trotzdem lobten mich die Trainer: »Sehr gut, Watzmann. Das wird schon, Sherlock. Morgen triffst du, Joe.« Die Botschaft vernahm ich wohl, allein mir fehlte nach wie vor der Glaube. Vor allem der Glaube an meine fußballerischen Fähigkeiten.

Zum Ende der Vormittagseinheit, nachdem mir auch die Übersteiger nicht gelungen waren, übte ich Elfmeter. Ich war der festen Überzeugung, mit Konzentration und Esprit fußballerische Defizite ausgleichen zu können. Und da mit Rudi Pasolini der etatmäßige und einzig sichere Elferschütze ermordet war, musste sich schnell ein Nachfolger finden. Sämtliche meiner Versuche versenkte ich zum Erstaunen aller souverän. Der Kopp Jochen, unser junger Torwart, sprang immer in die falsche Ecke. Jeder Schuss ein Treffer.

»Du schießt die Elfer«, verkündete der Alois apodiktisch. Keiner murrte. An den Klassenerhalt glaubten in der Mannschaft ohnehin nur noch die größten Optimisten.

Beim Mittagessen – es gab Pasta Schutta, wie die Köchin die Nudeln in der Hackfleischsoße getauft hatte – verrieten mir vier meiner Mannschaftskollegen, dass sie für die nächste Saison bereits bei anderen Vereinen unterschrieben hatten. Ich war ein wenig irritiert darüber, wie viel Geld sich nebenbei im Amateurfußball verdienen ließ. Bei wem es nicht zum Profi reichte, der konnte auch in den unteren Klassen mit Kicken gutes Geld verdienen. Auflaufprämien, Torprämien, Punktprämien und Handgeld beim Vereinswechsel. Allein für den Klassenerhalt hatte Präsident Schwarz jedem Spieler zehntausend Euro bar auf die Hand versprochen. Weil er was Großes in Wasserburg aufbauen wolle, behauptete der Ludwig, unser Mann fürs Grobe vor der Abwehr.

Vor dem Mittagsschlaf versuchte ich es erneut bei Kassandra. »Ich habe gerade keine Zeit, Johann«, sagte sie. »Bin einer ganz heißen Sache auf der Spur. Das sagt man doch in euren Kreisen?«

»Unseren Kreisen?«, ich verstand nicht, was genau sie sagen wollte.

»Detektivkreise«, flüsterte sie ins Telefon.

Ich bat Kassandra zu berichten.

»Wenn du wieder da bist. Ich treffe mich gleich mit jemandem.«

»Mit wem?«

»Erzähl ich dir dann.«

»Wann?«

»Tschüss, Watzmann.«

Sie hatte aufgelegt. Also versuchte ich es gleich wieder, sprach aber nur mit der verdammten Mailbox. »Ruf an!«

Kassandra hatte wenigstens eine Spur, fasste ich das Telefonat mit meiner Detektivkollegin für mich zusammen. Ich hatte nichts. Außer einem sprachlosen Mordverdächtigen auf dem Zimmer.

Nach einem Flop, der Herrn Fosbury zur Ehre gereicht hätte, landete ich auf oder besser gesagt in der durchgelegenen Matratze, die mich zu verschlucken drohte. Ion strafte mich für diese Albernheit mit einem gelangweilten Blick, bevor er seine Augen wieder ganz den Buchstaben seiner Urwalddoktorbiografie zuwandte.

Da begann ich einfach zu erzählen: »Seit meinem zwölften Lebensjahr bin ich nun schon Detektiv. Ausgelöst wurde die Karriere durch das Geburtstagsgeschenk meines besten Freundes und Fußballsturmkollegen: ein Yps-Heft mit Geheimagentenausweis als Gimmick. Tarnname Blondi, Geheimcode 7700. Ich fühlte mich nicht nur wie James Bond, ich war James Bond. Zumindest die oberbayerische Variante ohne die berühmten Girls und Aston Martins.«

Mein Stubenkamerad verzog keine Miene, blickte weiter stur in sein Buch und signalisierte mir allein durch die Haltung seines Kopfes, dass ich ihn nervte. Ich ließ nicht locker, denn manchmal konnte auch ich stur sein: »Dieser beste Freund war Rudi Pasolini.« Ronaldinho reagierte nicht. Gerade so, als wisse er das ohnehin schon. Woher?, fragte ich mich kurz in Gedanken, um dann schnell wieder meine Geschichte fortzusetzen.

Ich berichtete mehr als eine Stunde aus Rudis und

meinen Jugendtagen. Dass wir jedes Geheimnis geteilt hatten. Dass wir Samstag Abend nach dem Spiel ins Kino oder Billardspielen gegangen waren. Dass wir uns gegenseitig bei den Schularbeiten geholfen hatten. Der Rudi mir in Mathe, ich dem Rudi in Deutsch und Englisch. Dass wir eine tolle Zeit gehabt hatten. Als Kinder vor vielen Jahren in Wasserburg.

»Halt endlich mal dein Maul!«, brüllte mich Ronaldinho an. »Ich kann's echt nicht mehr hören.« Er hatte kein einziges Mal von seinem Buch aufgeschaut, während ich meine Kindheit, ja, mein halbes Leben, vor ihm ausbreitete. Jetzt sprang er plötzlich auf, warf seinen Wälzer auf den Boden und stürmte aus dem Zimmer. Die Tür drosch er mit einer solchen Wucht zu, dass der röhrende Hirsch über dem Bett beinahe aus dem Rahmen und von der Wand gefallen wäre. Starker Auftritt, dachte ich mir. Ich hatte wohl seinen wunden Punkt getroffen. Darin würde ich weiter stochern.

Wir sahen uns aber erst am Nachmittag auf dem Rübenacker wieder. Nach ein paar lockeren Runden um den Sportplatz ließ uns der Alois auf kleine Tore ohne Keeper spielen. Die Torhüter trainierten für sich. Vor allem das Herunterpflücken hoher Flanken, die ihnen Schwierigkeiten bereiteten.

Ronaldinho würdigte mich keines Blickes, spielte mir praktisch nie den Ball zu, vergab lieber die größten Chancen, als zu passen. Ich hielt die Klappe, schaute mir das Ganze eine zu lange Weile an, ertrug die Demütigung. Dann aber platzte mir der Kragen.

Ich stand allein auf weiter Flur vor dem gegnerischen Tor. Nur ein Verteidiger gegen zwei Stürmer. Ion hätte nur abgeben müssen. Er aber täuschte lieber links an, zog rechts am Gegenspieler vorbei und schoss aus spitzem Winkel aufs Tor und daneben. Ich kochte, drosch einen Ball ins Nirgendwo. Zu allem Überfluss kreuzte Ronaldinho genau jetzt meinen Weg. »Bist du so blind, oder tust du nur so?«, fragte ich die Fußballdiva. »Du spielst wie ein Österreicher«, war seine Antwort. Wenn ich eines nicht leiden kann, dann Respektlosigkeit. Und so rammte meine Stirn sein Brustbein. Im Vergleich zu Zidane war ich ein echtes Kopfballungeheuer. Dracula ließ sich spektakulär fallen, markierte den sterbenden Schwan, sprich: Materazzi. Ich stellte das Fliegengewicht wieder auf die Beine. Und wollte ihm zusätzlich noch eine scheuern. Meine Mitspieler hielten mich zurück. Es kam zu einer Rudelbildung, die in eine Massenschlägerei übergegangen wäre, wenn nicht der Schweighofer Alois zuerst gebrüllt und dann in seine Pfeife geblasen hätte. Ich beruhigte mich nur langsam wieder, ließ schließlich von Ronaldinho ab. Der Trainer schickte uns zum Duschen.

Am Abend vor dem Essen hielt er eine Brandrede, die der von Giovanni Trappatoni auf Thomas Struuunz in nichts nachstand. Was erlaube Watzmann? Was erlaube Ronaldinho? Was erlaube Mannschaft? Flasche leer, Birne hohl. Am liebsten hätte ich vor versammelter Runde meinen Verdacht ausgesprochen: Unser schöner Ronaldinho ist Rudi Pasolinis Mörder. Ich konnte mich aber gerade noch beherrschen, meinen Zorn zügeln. Ich entschuldigte mich für mein Benehmen bei der Mannschaft und beim Karpatenmann. Der entschuldigte sich ebenfalls. Andernfalls hätte uns Alois nicht spielen lassen.

Die Nacht war ruhiger. Ich konnte trotzdem nicht schlafen, weil ich pausenlos an Kassandra denken musste und hoffte, dass sie bei Schwarz klüger vorgehen würde als ich bei Dracula. Ich verstand die Welt und vor allem mich selber nicht. Wutausbrüche und unkontrollierte Unbeherrschtheiten sind eigentlich nicht meine Sache. Wie hatte ich mich dennoch so leicht zu handfester Gewalt hinreißen lassen können? Die einzige Erklärung: So ist Fußball. Emotional, rau, ungekünstelt.

Im Leben kannst du ein Gandhi sein, auf dem Platz aber die größte Sau. Ein Kämpfer, ein Grätscher, ein Arschloch.

Genau diese Qualitäten legten wir gegen den FC Ampfing an den Tag. Für die Sehenswürdigkeiten der Gegend um und in Altötting hatten wir kein Auge, als wir mit dem Mannschaftsbus durchs Feindesland fuhren. Von der Nummer eins bis sechzehn saßen wir voll motiviert auf unseren Plätzen. Wir brannten auf den Anpfiff. Es hatte den Anschein, als habe die Schlägerei am Vortag ein Ventil geöffnet, das den Druck von der Mannschaft nahm. Wir waren plötzlich eine Einheit, echte Löwen. Einer für alle, alle für einen. Nebenbei bemerkt: Ich habe in meinem Leben zu viele Musketierfilme gesehen.

Das Spiel war ausverkauft bis auf den letzten Platz – Hexenkessel Weihwasserschale dagegen. Es ging ja auch um alles. Unter den Pfiffen und groben Beschimpfungen der einheimischen Fans spielten wir uns warm. Unsere Fans lieferten sich mit denen schon vor dem Anpfiff eine Wortschlacht, die ich an dieser Stelle aus Pietätsgründen für mich behalten möchte.

Zartbesaitet darfst du als Schlachtenbummler nicht sein, stellte ich noch vor dem Spiel fest. Die Gürtellinie wird da schon gerne mal unterschritten. Die Hauptthemen in der Reihenfolge ihrer Beliebtheit: Homosexualität, geistige und körperliche Behinderungen, geografische Herkunft und Inzest. Schwamm drüber.

Die ersten sechzig Spielminuten waren zuerst von Taktik geprägt und dann von Härte bestimmt. Wir vergaben in der ersten Halbzeit drei dicke Torchancen, im Fußballreporter-Jargon Großchancen genannt. Ich selber hatte freistehend vor dem Torwart nur das Lattenkreuz getroffen.

Ab der siebzigsten Minute mussten wir dann mit zehn Mann auskommen. Der Schiri hatte den Bauer Seppi des Feldes verwiesen, nur weil der dem Ampfinger Linksaußen von hinten in die Beine gegrätscht war. Als Dienstältester beschwerte ich mich sofort beim Schiri: »Wir spielen Fußball!«, brüllte ich. »Kein Hallenhalma.« Solle er doch Basketball spielen oder in der Damenliga. Dem Gefoulten empfahl ich: »Heul doch.« Außerdem verglich ich ihn mit Andi Möller. Dafür kassierte ich die gelbe Karte. Ich schüttelte den Kopf. Der Schiri drohte, mich bei der nächsten Kleinigkeit vom Platz zu stellen, wenn ich nochmal maulte. Ich hielt mich zurück, konzentrierte mich wieder aufs Spielen.

Trotz Unterzahl waren wir ständig in der Offensive, drängten, versuchten es aber zu sehr mit Gewalt, sprich: der berühmten Brechstange. Die Abwehr der Ampfinger stand. Am Sechzehner war Ende.

In der fünfundachzigsten Minute nahm ich schließlich Herz und Füße in beide Hände und setzte zu einem Solo an. Ich umkurvte im Mittelfeld drei Gegenspieler, dribbelte den Sechser aus, passte nach rechts außen, wo Ion freistand, und lief, wie ich noch nie gelaufen war, in Richtung Elfmeterpunkt. Ronaldinho tunnelte seinen Gegenspieler, blickte kurz auf, ich gab ein Handzeichen und der Karpate flankte. Ich ließ den angeschnittenen Ball während seines Flugs nicht aus den Augen. Trotzdem hätte ich nicht geglaubt, den Ball noch zu erreichen. Meinen Gegenspieler täuschte ich mit einer Körperdrehung und schmiss mich dann auf gut Glück in die Flugbahn. Ich schloss die Augen.

Plötzlich spürte ich das Ding an meiner Stirn. Ich landete mit dem Bauch auf dem perfekt gepflegten Rasen und hörte meine Mitspieler jubeln. Als ich die Augen wieder öffnete, lagen neun Männer auf mir, und ich bekam fast keine Luft mehr.

Die Fans brüllten, Alois machte am Seitenrand den Neururer-Shuffle. Fünf Minuten später pfiff der Schiri ab. Wir hatten unsere Chance gewahrt, eins zu null auswärts gewonnen. Sieben Tage später würden wir gegen den Sportbund spielen: um den Verbleib in der Bezirksoberliga, um ein neues Stadion und um zehntausend Euro Siegprämie für jeden. Ich konnte das Geld gut brauchen, auch wenn ich wusste, dass es vom Präsidenten kommen würde, den ich nicht gerade mochte.

Meine Mannschaftskameraden trugen mich vom Platz, der Schweighofer Alois schloss mich in der Kabine in seine kräftigen Arme, selbst Ronaldinho klopfte mir anerkennend auf die Schulter.

»Freunde?«, fragte er fast schüchtern.

»Freunde!«, schlug ich ein. Seit der Lektüre von Sammy Drechsels Kinderbuch weiß ich: Elf Freunde müsst ihr sein. Wenn ihr Siege wollt erringen. Und den Dracula fand ich nach seiner Flanke schon sehr viel sympathischer als vorher. Das Eis zwischen uns war gebrochen. Die eine Frage aber blieb: Warum hatte er den Rudi getötet?

11 Was der Alfons Schubeck für die Bayern, ist der Bruno für die Löwen. Im großen Nebenzimmer hatte der polnische Wirt bereits die Vereinsflagge gehisst und für dreißig Personen eindecken lassen, als die strahlenden Sieger um kurz nach acht Uhr abends mit stolzgeschwellter Brust und breitem Grinsen in die Trattoria einliefen. Wir schlenderten locker lässig durch die Räume und nahmen die Glückwünsche der anderen Gäste entgegen. Ein kleiner Bub, sieben, vielleicht acht Jahre alt, fragte mich nach einem Autogramm. Ich musste improvisieren und kritzelte deshalb meinen Friedrich Wilhelm auf eine Papierserviette, die mir Bruno reichte. Das Kind war überglücklich und zeigte die Trophäe gleich seinen Eltern. Ich mag es, wenn sich die jungen Leute heute noch über etwas freuen können. Abseits von Gewaltvideos und Harry Potter.

Was diesem Abend aber fehlte, war eine Frau an meiner Seite. Zehn Blondinen, die sicher während ihrer Kosmetikerinnenlehre alle nebenher gemodelt hatten, saßen auf den Schößen meiner Mannschaftskameraden. Ich stellte mich ihnen und auch den Brünetten mit Handkuss vor, vollführte da und dort ein wenig Smalltalk. Hauptsächlich über wichtige Themen: den neuesten Mailänder Chic, das Paul-Sahner-Interview mit Simone Thomalla in der Bunten, den Wasserburger Trendfriseurladen, die Desperate Housewives. In Sachen Fernsehserien bin ich Experte. Und so konnte ich die Damen mit den heißesten Informationen über Susan, Gabrielle, Lynette und Bree aus der Wisteria Lane beglücken. Als Einziger saß ich dann jedoch ohne Begleiterin an der gedeckten Tafel und stocherte lustlos in meinen Antipasti misti. Den Karpaten-Ronaldinho eskortierte immerhin die Schwester.

»Fisch oder Fleisch?«, verlangte Bruno eine schnelle Antwort.

Ich seufzte.

»Ich esse kein Fleisch.«

»Dann Fisch.«

»Zum Mitschreiben, Bruno: Kein Fleisch, kein Fisch. Nichts mit Füßen, nichts mit Flossen, nichts mit Fühlern, nichts mit Augen.«

»Hast du keinen Hunger, Watzmann?«

»Rigatoni al forno. Ma senza prosciutto, hörst du. Mit viel Käse und Champignons.«

»Kein Fleisch, kein Fisch, kein Prosciutto«, seufzte Bruno.

Trotz aller Aufmerksamkeit, die mir an diesem Abend zuteil wurde, war mir nicht nach Feiern. Zwar freute ich mich über den Sieg der Mannschaft, fühlte mich aber gleichzeitig auch einsam. Ein Gefühl, das ich so radikal nicht kannte.

Zu viele Jahre hatte ich geglaubt, Alleinsein sei ein Wert an sich. Mittlerweile sehnte ich mich aber nach

Nähe, Wärme, Zuneigung, kurz: Liebe, die bekanntlich ein seltsames Spiel ist. Nur: Liebeskummer lohnt sich nicht, my darling, schade um die Tränen in der Nacht. Ich schrieb Kassandra eine SMS und fragte, ob sie nicht zu unserer Siegesfeier nachkommen wolle. Rein offiziell versteht sich. Als Reporterin von Radio Altstadt. Schließlich waren bei Bruno die erfolgreichen Matadore in ihrer ganzen Pracht versammelt. Immerhin sechzehn potenzielle Interviewpartner plus Trainer, Betreuer, Funktionäre samt Ehefrauen und Freundinnen. Selbst der Präsident und seine Uschi saßen am Tisch und turtelten ganz heftig.

Nicht nur mir fiel auf, dass sich der Karpaten-Ronaldinho unter den sorgenvollen Blicken seiner Schwester mit Rotwein zu betäuben begann. Er wirkte schon vor dem Hauptgang betrunken. Seine Augen schimmerten glasig, sein Blick schweifte in die Ferne, mitten durch den Tunnel.

Nach der Nachspeise mit der entsprechenden Spirituosen-Begleitung verabschiedeten wir uns mit der Vereinshymne von Bruno, die Rechnung übernahm der Verein, sprich: Präsident. Wir zogen ein paar Ecken weiter in den Stechl Keller, wo im Souterrain für uns reserviert war. Statt einer Mitternachtssuppe gab es dort Currywurst, Sushi und Caipirinhas, von denen Ronaldinho, ganz Aushilfs-Brasilianer, noch im Stehen zwei große Becher zischte. Ich schrieb Kassandra eine weitere SMS: »Gruß. Watzmann.«

Scheißweiber, sagte ich mir und nahm auch einen Cocktail, den ich in drei schnellen Zügen leerte. »Danke, Susi«, sagte ich zur Bedienung, als ich das Glas zurück auf das Tablett jonglierte.

»Dany.«

»Was?«, schrie ich gegen die Sambarhythmen an.

»Dany. Ich heiße Dany.«

»Sag ich doch.«

Ich glaube, wir waren vor Jahrzehnten ein paar Tage miteinander gegangen, quasi Teenagerliebe. Nach einer Schuldisko, die sie organisiert hatte. Aber sicher war ich mir da nicht mehr. Deshalb wollte ich die Susi, die nun plötzlich Dany hieß, auch nicht direkt darauf ansprechen.

»Woher kennst denn du die Dany?«, fragte mich stattdessen der Ludwig, unser Abräumer vor der Abwehr, herausfordernd.

»Verwechslung«, antwortete ich, um die feindselige Stimmung zwischen uns schnell zu entschärfen. Beim Geschlechtstrieb hört der Spaß auf. Selbst unter Mannschaftskameraden. Ich hatte ja nicht gewusst, dass der Ludwig ein Auge auf die Frau geworfen hatte. »Die Dany ist meine Freundin«, schrie er mir ins Ohr. Ihm gefiel es, sein Revier zu markieren. Es hätte mich nicht gewundert, wenn er noch in eine der Ecken gepinkelt hätte. »Glückwunsch«, brüllte ich. »Danke«, schrie der Ludwig und kniff der Dany, als die gerade wieder vorbeiwackelte, in den Hintern.

»Kein Alkohol ist auch keine Lösung«, sagte ich beiläufig zu Ions Schwester, die ihren Bruder an einem Stehtisch stützen musste, und orderte noch einen Caipirinha. Mit Ludwigs Einverständnis, versteht sich.

Ich trank und stand ansonsten unschlüssig in der Gegend herum. Als ich gerade meine Zelte abbrechen und den Heimweg antreten wollte – ich war hundemüde –, klopfte mir jemand von hinten auf die rechte

Schulter. »Wir müssen reden mit Ihnen, Herr Watzmann«, bat mich die Schwester des Karpatenmannes, die sich als Tatjana Ionesco bei mir vorstellte, verlegen und sehr zögerlich um ein Gespräch unter sechs Augen. »Verzeihen Sie bitte Störung.«

Ich war überrascht, wusste nicht recht, was wir zu bereden hätten. Vielleicht, fiel mir dann doch noch ein, wollte ihr Bruder ja endlich den Mord gestehen. Ich reagierte sofort und bestellte eine Flasche Wasser und einen doppelten Espresso für Ronaldinho. »Ion sollte schon einen klaren Kopf haben, wenn wir uns unterhalten«, sagte ich zu Tatjana. Nachdem mein Sturmkollege das Wasser und den Kaffee brav ausgetrunken hatte, gingen wir zu dritt vor die Kellerbar und setzten uns auf eine Bank. Die Kirchenuhr schlug zwei Mal. Dracula saß in unserer Mitte.

Er war immer noch betrunken, konnte sich aber einigermaßen verständlich artikulieren. Wo er stockte, griff ihm seine Schwester sprichwörtlich unter die Arme. Die Geschichte, die ich in der nächsten Stunde hörte, konnte ich kaum glauben. Ich musste mich alle paar Minuten zwicken. Träumte ich gerade? Es war aber kein Traum, sondern Wirklichkeit, die mich sehr verwirrte und doch Sinn ergab, sprich: Licht ins Dunkel brachte.

Als ich heimkam, erwartete mich Kassandra auf den Treppenstufen. Sie hatte dort bereits über eine halbe Stunde gewartet, wie sie während der Aufzugfahrt in den fünften Stock mehrmals vorwurfsvoll betonte.

»Das glaubst du nicht«, sagte ich so rätselhaft wie möglich und lobte mich insgeheim für die erneute detektivische Meisterleistung, nachdem ich meine Wohnung aufgeschlossen hatte. Ich war einen großen Schritt vorangekommen. Die Unbekannten in der Gleichung bekamen langsam Namen.

»Nein«, widersprach sie, »das glaubst du nicht.«

Während sich Kassandra vor dem großen Wissenstransfer noch schnell im Bad frisch machte, legte ich mich in Ausgehuniform auf das frischbezogene Bett und wollte nur kurz die Augen schließen.

12

Mit einem lauten Schnarcher – Death-Metal-Konzert vergleichsweise leise – schreckte ich am späten Sonntagvormittag aus wirren Träumen hoch. Kassandra wurde darin auf bestialische Art ermordet, immer wieder, direkt vor meinen Augen. Als ängstlicher Superheld war ich aber nicht in der Lage, sie zu retten. »Don't pay the ferryman«, gab ich ihr stattdessen einen gutgemeinten Ratschlag mit auf die Reise über den Hades. Großartiger Ratschlag, musste ich mich im Halbdelirium selber loben.

Geblendet von der Morgensonne, öffnete ich ganz langsam die Augen. Der Schädel brummte, die Kehle brannte. Ich suchte mit der linken Hand nach dem Bettrahmen, um mich beim Aufstehmanöver darauf abzustützen. Zwischen meinen Fingern spürte ich Haare. Meine Augen meldeten die Farbe: blond. Oh nein, jammerte ich. Was hatte ich jetzt schon wieder angerichtet? Hoffentlich nicht die Susi oder Dany zu mir nach Hause eingeladen. Ich lupfte die Decke. Die junge Frau war splitternackt. Und ich konnte mich beim besten Willen nicht mehr erinnern. Wenigstens trug ich über meinen Lenden Shorts.

Die Trägerin des zweifachen X-Chromosoms drehte ihren Traumkörper in diesem Moment in meine Richtung. Ich ließ ganz schnell die Decke wieder sinken und blickte unvorbereitet in ihre Augen: »Morgen, Watzmann«, begrüßte mich Kassandra freundlich. Schock, schwere Not. Kassandra!

»Bleib doch noch ein bisschen liegen, Sandra«, fiel mir gerade kein besserer Spruch ein, den ich noch dazu mit alkoholrauer Stimme vortragen musste. Ich wusste nicht, ob ich mich freuen oder vor Scham im Boden versinken sollte.

Also entschied ich mich dafür aufzustehen, mindestens drei Aspirin zu schlucken, ausführlich zu duschen, Hemd und Hose anzuziehen, Kaffee aufzusetzen, Backwaren aufzubacken. »Bis nachher«, sagte ich leise und kroch aus dem Bett. Kassandra zog die Mundwinkel sphinxähnlich nach oben, quasi Mona Lisa.

Um die Mittagszeit saßen wir auf meiner Dachterrasse in der Sommersonne und frühstückten ausführlich. Ich tat so, als wär nix.

»Ist was, Johann?«

Ich schüttelte den Kopf. »Bitte sag nicht Johann.«

»Warum nicht?«

»Weil meine Mutter immer Johann sagt.«

»So heißt du nun mal.«

»Unser Hund hieß auch Johann.« Ich biss in eine Orangenmarmeladensemmel. »Ich bevorzuge Joe, sprich: Jo. Meine Freunde sagen aber Sherlock.«

»Soll ich Sherlock sagen?«

»Das ewige Sherlock nervt gewaltig.«

»Dann sage ich halt Watzmann.«

»Alles, nur nicht Johann.«

Kassandra pellte mit einem Löffel korrekt die Eierschale. Ich bevorzuge die rabiatere Methode, sprich: köpfen.

»Was ist nun?«, fragte sie, nachdem Eiweiß und Eigelb in ihrem Mund verschwunden waren.

»Womit?«, fragte ich zurück.

»Du hast gestern Nacht lautstark verkündet: Das glaubst du nicht! Was glaube ich nun nicht?«

Erst jetzt lichtete sich die Nebelwand vor meinen Gedanken. Kassandra hatte vor meinem Haus gesessen, und ich wollte ihr erzählen, was ich von Ronaldinho und seiner Schwester erfahren hatte. Dabei musste ich eingeschlafen sein.

»Hast du mich ausgezogen?«, wollte ich wissen.

»Wer sonst?«, hauchte sie. Sie zog die linke Augenbraue ein ganzes Stück nach oben – wie Leonard Nimoy in seinen besten Zeiten als Erster Offizier Spock auf dem Raumschiff Enterprise. In der Mittelstufe hatte ich einen Artikel über die Philosophie hinter Star Trek geschrieben.

»Der Weltraum – unendliche Weiten. Wir schreiben das Jahr 2200. Dies sind die Abenteuer des Raumschiffs Enterprise, das mit seiner vierhundert Mann starken Besatzung fünf Jahre lang unterwegs ist, um neue Welten zu erforschen, neues Leben und neue Zivilisationen.«

Kassandra machte ein kritisches Gesicht. »Was willst du mir sagen, Watzmann?«

»Die letzten Geheimnisse der Enterprise werden wir nie lüften«, antwortete ich.

»Zum Beispiel?«, fragte Kassandra eher gelangweilt.

»Der Vorname von Spock.«
»Aha.«
Ich gebe zu: Zu viel Alkohol und zu wenig Schlaf verleiten mich oft dazu, in ferne Weiten und neue Welten abzuschweifen.

»Bevor wir uns jetzt noch im romulanischen Luftraum verirren, Watzmann, oder gar auf die Borg stoßen...« Kassandra machte eine Kunstpause, nahm einen Schluck frischgepressten Orangensaft zu sich, holte tief Luft und redete anschließend handgestoppte dreiundvierzig Minuten am Stück ohne eine Pause. Den Inhalt ihrer Rede fasse ich am besten kurz zusammen:

Die Wildgruber Walli, eine alte Freundin von Kassandra, mit der sie bei Antenne Bayern volontiert hatte, verfügte über gute Kontakte ins Sozialministerium. Genauer gesagt, in die Abteilung für die Verdienstordenvergabe. Dort arbeitete Wallis Lebensabschnittsgefährte, ein Volljurist mit zwei Prädikatsexamen und Sternchen, dessen Namen ich aber leider nicht verraten darf, weil Dienstgeheimnis und absolute Schweigepflicht. Der junge Mann, nennen wir ihn der Einfachheit halber Huber, war aber schon lange ziemlich angefressen und also ausgesprochen happy, sich endlich mal so richtig auskotzen zu dürfen. »Orden sind ein mieses Geschäft«, hatte er wortwörtlich gesagt. »Eine Hand wäscht die andere.« In Juristenkreisen heiße das: Do ut des. Ich gebe, damit du gibst.

Eine größere Parteispende plus Almosen für soziale Zwecke wie Kinderheim, Krankenhaus oder Sportverein haben schon manchen Vorgang im Ministerium beschleunigt, was nicht heißen soll, dass der Großteil der Ordensträger den Titel nicht verdient hätte. Wie es der Zufall wollte, war Huber mit der Prüfung des Vorgangs Dr. h.c. Stefan Schwarz in Sachen Bayerischer Verdienstorden betraut worden. Ein mittlerweile pensionierter Staatssekretär im Bauministerium hatte seinen alten Spezi als letzten Amtsakt vorgeschlagen und dessen Rumänienhilfe sowie das Engagement für den TSV 1880 als Begründung angeführt.

Huber prüfte daraufhin von Amts wegen die Richtigkeit der Angaben, stieß aber auf Ungereimtheiten im Berufsleben des Fußballpräsidenten. Angeblich soll der Stofferl rumänische Arbeiter für Hungerlöhne ohne Arbeitserlaubnis unter dem Deckmantel des Philanthropen auf Baustellen nach Bayern vermittelt haben. Für eine satte Provision, versteht sich. Der Jurist hatte eine glaubwürdige Quelle aus Wasserburg aufgetan, die aber damals noch keine gerichtsverwertbaren Beweise liefern konnte. »Papperlapapp«, hatte Hubers Chef die Zweifel von seinem schweren Eichenschreibtisch gewischt und der Frau Ministerin Herrn Schwarz ausdrücklich für den Orden anempfohlen. Die Sache stank Hubers Ansicht nach zum Himmel.

Der Brandner Uschi schienen die anrüchigen Aktivitäten ihres Verlobten nichts auszumachen, zumal die Öffentlichkeit davon ja nichts wusste. Sie hatte sich im Verein in jahrelanger Kleinarbeit vom Platzwart bis zum Präsidenten hochgebumst. Seitdem arbeitete sie als Chefsekretärin in der Schwarz Bau GmbH und war die rechte Hand des Chefs. Nach dem Gymnasium, wo ich die Uschi bis zum Vorabend das letzte Mal gesehen hatte, war sie nach Amerika ausgewandert und hatte einen Börsenmakler geheiratet, der sie aber nach einem gelungenen Coup mit Hochrisikoanleihen für ein Playboy-Bunny aus Kalifornien von heute auf morgen ohne finanzielle Absicherung einfach sitzengelassen hatte. Das Letzte, was sie von ihm hörte, war die Stimme seines Anwalts, die sagte, dass sie sich verpissen solle.

Nur wenige Wochen später war sie in ihre Heimat zurückgekehrt, ohne Berufsausbildung, ohne Job, ohne Perspektive. Jahrelang hatte Uschi dann bei ihrer Mutter in der Gripsenau gewohnt, einem nicht gerade sehr prominenten Stadtteil von Wasserburg, und beim Aldi im Gewerbegebiet zehn Stunden in der Woche Regale eingeräumt. In den Nächten war sie aber regelmäßig auf Beutezug gegangen, hatte Affären mit Dutzenden verheirateter Männer, die sich aber nicht von ihren Frauen trennten. Nicht für eine wie sie, die es urkundlich und verbrieft mit jedem trieb. Stefan Schwarz war nun seit langem der erste, der sie zum Traualtar führen wollte. Ihn ließ sie nicht mehr aus den Fängen.

Der Aufwand hatte sich gelohnt. Uschi wohnte fortan in einer Villa, verfügte über die Kreditkarten ihres Verlobten, lebte wie die Made im Speck. Angeblich hatte sie sich erst vor kurzem Nase, Lippen, Busen und Schenkel neu machen lassen. Seitdem verbrachte sie fast jede freie Minute im Fitnesspark neben dem Badria – Madonnas Knackarsch ist echt schlaff im Vergleich zu ihrem. Außerdem schrieb sie gerade ein Buch über Pilates. Ach ja, und Yoga praktizierte die Uschi auch noch. Ihr Interesse für den jüdischen Glauben hielt sich, laut Kassandra, jedoch in Grenzen. Das Madonna-Imitat beschränkte sich also auf Äußerlichkeiten. Die Uschi sei, im Gegenteil, heilfroh über die

Ausnahmegenehmigung des Bischofs gewesen, da so der Stofferl und sie trotz Scheidung im Juli noch einmal vor den Traualtar treten dürfen.

»Gratuliere«, sagte ich zu Kassandra. Sie hatte ihren Teil der Detektivarbeit erledigt. Die Mesalliance zwischen Stefan Schwarz und Uschi Brandner war nicht koscher. Warum wollte sich der millionenschwere Präsident ausgerechnet an eine wie sie binden? In Wasserburg und den umliegenden Dörfern hätte er wahrscheinlich jede haben können. Selbst in München war der Stofferl in Partykreisen, über die sogar die Bild-Zeitung berichtete, kein Unbekannter. Mehrere Male hatten ihm die Klatsch-Kolumnisten in der Vergangenheit die eine oder andere Affäre mit Models, Schauspielerinnen und Nachwuchssternchen angedichtet. Schwamm drüber.

»Jetzt du«, befahl Kassandra.

»Ion und Rudi hatten ein Verhältnis«, sagte ich.

Kassandra zögerte.

»Du meinst: schwul?«

»Wie die Nacht dunkel.«

13

Die Älteren werden sich vielleicht noch an Oliver-»Weil ich es mir wert bin«-Bierhoff erinnern, als der noch für die Deutsche Nationalelf den frischgewaschenen Schädel hinhielt und so Bertis Buben im EM-Endspiel 1996 in Wembley gegen die Tschechen auf die Siegerstraße brachte, Stichwort: Golden Goal.

Ich selber erinnere mich noch sehr genau an jenen Abend. Weil der Rudi, ich und unsere damaligen zwei besten Freundinnen, die mittlerweile verheiratet sind und stolze Mütter, auf meinem Fernseher das EM-Endspiel live verfolgten. Außerdem musste ich am nächsten Morgen bei der Bundeswehr einrücken, während mein Kumpel locker seinen Zivildienst im Wasserburger Krankenhaus antrat.

Zehn Monate verteidigte ich die Bundesrepublik als tapferer Gebirgsjäger gegen den Iwan und andere Gefahren – in Strub bei Berchtesgaden. »Wer Strub kennt, lacht über Vietnam.« Angeblich sprach Gott vor langer Zeit zu seinen Steinen: »Seid tapfer und werdet Gebirgsjäger.« Die Steine sollen geantwortet haben: »Nein, Gott. Dafür sind wir zu weich.«

Den eleganten Manager der Nationalmannschaft halten viele echte Kerle für verweichlicht. Weil der sich seinerzeit nicht zu schade war, für ein Shampoo unter einer Fernsehdusche zu werben. Dabei steht doch schon in Franz Müntefering Buch der Sprüche: »Geduscht wird in der Kabine.«

Kombiniere: Wenn einer für Haarwaschmittel wirbt – und nicht für Weißbier, Viagra oder Autoreifen –, muss das noch lange nicht bedeuten, dass er mit Frauen nichts am Hut hat. Trotzdem ist die Versuchung am Samstagnachmittag im Stadion oft eine zu große, den gegnerischen Spieler nach einer missglückten Schwalbe oder einem falschen Einwurf als »Schwuchtel« oder »Tucke« hinzustellen.

In der Realität hingegen ist die Kombination von Fußball und Homosexualität eines der letzten großen Tabus in Deutschland. Noch kein Profi hat sich in über vierzig Jahren Bundesliga geoutet. Obwohl selbst in der Politik Schwulsein mittlerweile zum guten Ton gehört. Vielleicht nicht gerade im Freistaat Bayern, aber nördlich von Main und Donau. An der Spree sei das zum Beispiel ja auch gut so.

Statistisch gesehen soll jeder zwanzigste Mann schwul sein. Im Aufgebot der Bundesligateams stehen mehr als zwanzig Profis. Paul Steiner sah das freilich anders: »Ich kann mir nicht vorstellen, dass Schwule Fußball spielen.« Dabei gab Steiner in den späten achtziger und frühen neunziger Jahren des 20. Jahrhunderts ausgerechnet beim FC in Köln den Libero. Und wurde 1990 in Italien ohne eine Spielminute Weltmeister unter dem Kaiser.

Oder der Mittelfeldspieler Beckham. Der ist die

Stilikone der Insel-Schwulen. Vielleicht weil er jede Woche eine neue Frisur zur Schau trägt und ganz nebenbei auch die Unterwäsche seiner Frau Victoria. Becks Landsmann Justin Fashanu hat sich als erster und bislang einziger Fußballprofi überhaupt zu seiner Homosexualität bekannt. Mit siebenunddreißig Jahren hat er sich in einer Londoner Garage das Leben genommen. Dabei hätte er ein ganz Großer werden können. Ein spektakuläres Tor für Norwich City hatte ihn auf der Insel quasi über Nacht berühmt gemacht. Nottingham Forest zahlte für seinen Wechsel eine Million Pfund Ablöse – die damals höchste Transfersumme für einen schwarzen Kicker. Für achtzigtausend Pfund verkaufte er dann aber ausgerechnet der Sun die Schlagzeile: Ich bin schwul. Danach ging es für ihn steil abwärts.

»Wie stehst du jetzt zu Rudi?«, wollte Kassandra von mir wissen.

»Ich respektiere seine Entscheidung.«

Trotzdem war ich im ersten Augenblick enttäuscht und natürlich auch verwirrt gewesen, als Tatjana aus heiterem Nachthimmel das Geheimnis um meinen besten Freund und ihren Bruder gelüftet hatte. »Herr Watzmann«, hatte sie gesagt, »mein Bruder kann Rudi nicht getötet haben. Ion liebte Rudi. Und Rudi liebte Ion.«

Seit Saisonbeginn pflegten die beiden eine ebenso herzliche wie intime Beziehung. Tatjana erzählte und Ion bestätigte mit einem stummen Nicken, dass Rudi nach dessen Worten bereits auf dem Gymnasium, in der zehnten oder elften Klasse, festgestellt hatte, dass er sich mehr zum eigenen Geschlecht hingezogen fühlte.

Seine Neigung auszuleben habe er sich aber damals noch nicht getraut. Erst mit zwanzig habe er sich überwinden können und sei dann eine Beziehung zu einem etwas älteren Herrn eingegangen, der jedoch an einer Lungenentzündung gestorben sei.

»Warum die Geheimnistuerei?«, fragte Kassandra und verwies auf Wowereit, Westerwelle und das einundzwanzigste Jahrhundert.

Ich gab Ronaldinhos lallende Schlagworte wieder: Kleinstadt, Provinz, Fußball, Eltern. »Du musst bedenken, Rudi war ein Star in Wasserburg. Er spielte harten, weiß Gott nicht zimperlichen Fußball. Die Fans liebten ihn, die Frauen sowieso. Er war das Aushängeschild des TSV und der Wechselbank. Rudi war Mitglied in unzähligen Vereinen. Die halbe Stadt zählte er zu seinen Freunden. Das wollte er nicht aufs Spiel setzen. Vor allem nicht wegen seiner Eltern, von denen er glaubte, dass sie seine Männerliebe nicht tolerieren würden.«

Kassandra füllte ihre Wangen mit Luft, die sie dann langsam entweichen ließ. Dann runzelte sie die Stirn und kombinierte, obwohl das als Sherlock eigentlich meine Aufgabe gewesen wäre: »Die Karikatur auf dem Aufzugspiegel war kein Hinweis auf den Mörder.«

»Hört, hört.«

»Wahrscheinlich wollte Rudi einen Hinweis geben, den nur du entschlüsseln können würdest. In deiner Funktion als Detektiv. Vor der Polizei und der Öffentlichkeit wollte er sein Geheimnis wahren.«

»Warum?«, fragte ich.

»For your eyes only«, zitierte Kassandra den Titel eines James-Bond-Klassikers mit Roger Moore in der

Rolle des smartesten Geheimagenten ihrer Majestät mit der Lizenz zu töten.«»Weil er dir und deinen kriminalistischen Fähigkeiten vertraute. Weil er wusste, dass du den Fall lösen würdest. Und weil er Ion vor Anfeindungen schützen wollte.«

»Aber warum hat er dann nicht einfach den Namen des Mörders hinterlassen?«

»Weil er ihn vielleicht nicht kannte.«

»In Wasserburg kennt doch jeder jeden.«

»Vielleicht steckt ja mehr dahinter als ein bloßer Name«, spekulierte Kassandra.

»Sie hatten Streit«, sagte ich.

»Wer?«

»Rudi und Ronaldinho. Kurz bevor Rudi getötet wurde.«

»Streit?«

»Rudi wollte mich beauftragen, Beweise gegen Schwarz zu sammeln.«

Kassandra spitzte die Ohren, zog wieder die Braue hoch.

»Weil Schwarz seine Patentochter nicht nur als Putzfrau in seiner Villa beschäftigt, sondern auch als Prostituierte. Angeblich soll unser schöner Präsident mindestens fünf Bordelle über Strohmänner betreiben. Nur osteuropäische Ware.«

»Das verstehe ich jetzt nicht«, sagte Kassandra.

»Was?«, blaffte ich.

»Ronaldinho hätte sich doch der Polizei anvertrauen, Schwarz anzeigen oder mit seiner Schwester aus Wasserburg weggehen können.«

»Das Gleiche habe ich den beiden auch entgegengehalten.«

»Und?«

»Schwarz hat gedroht, die Geschwister im Fall der Fälle zu suchen. Egal, wo. Egal, wie viel ihn das kosten würde. Und dann Gnade ihnen Gott.«

»Der Streit?«, lieferte mir Kassandra das Ausgangsstichwort.

»Ronaldinho hatte seinem Freund in letzter Zeit ständig mit der Schwester in den Ohren gelegen. Deshalb hat Rudi beschlossen, sich einem Profi anzuvertrauen. Zufällig kannte er einen Detektiv.«

»Aber Ion bekam es mit der Angst zu tun«, vermutete die Kollegin richtig.

»In aller Öffentlichkeit hat er Rudi angeschrien.«

»Und dann?«

»Am Abend war Rudi mit seinen Eltern bei Bruno essen. Nach dem Essen wurde er ermordet.«

»Scheiße«, sagte Kassandra.

»Aber hallo«, sagte ich.

»Glaubst du, Schwarz steckt dahinter?«

Ich zuckte mit den Schultern. »Ich werde es herausfinden«, sprach ich mir selber Mut zu. Tatsächlich aber fühlte ich mich mit dem Fall trotz aller Sternstunden der Kriminalistik überfordert. Angst hatte ich sowieso. Und nicht nur um Kassandras Leben. Hoffentlich hält mich jetzt keiner für einen Schisser. Aber auch Detektive sollten das Recht haben, sich zu fürchten. Vor allem, wenn der Gegner gefährlich ist und ihm Menschenleben nichts bedeuten. Meine Hände begannen leicht zu zittern. Schweiß drang durch die Poren meiner Kopfhaut.

»Du schwitzt, Watzmann«, bemerkte Kassandra.

»Puh«, sagte ich, »heiß hier.« Um meine Ausrede

noch zu unterstreichen, spannte ich den Sonnenschirm auf und nahm einen großen Schluck Eistee. »Schon besser«, behauptete ich mit fester Stimme auf wackligen Beinen. Zu einem Lächeln musste ich mich zwingen.

»Wie geht's nun weiter?«

»Nur nichts überstürzen«, sagte ich. Selbst Gott hatte am siebten Tag geruht. Und es war Sonntag.

Wir schwiegen und kauten lustlos auf den Frühstücksresten herum.

Dann fragte Kassandra: »Du meinst, wir könnten uns den Rest des Tages freinehmen?«

»Kräfte sammeln für neue Taten – das ist das Allerwichtigste im Detektiv-Business«, dozierte ich. Was laberte ich da?

»Lass uns einen Ausflug machen, Watzmann.«

Ich hätte lieber noch eine Runde geschlafen.

»Wohin?«

»Chiemsee.«

»Bei dem Wetter?«

»Klar.«

»Zu viele Touristen.«

»Ich kenne da ein ruhiges Plätzchen auf der Fraueninsel.«

Keine fünfzehn Minuten später saßen wir in meinem Opel und fuhren über Endorf nach Prien am Chiemsee. Kassandra schimpfte über meinen Musikgeschmack. Die Netrebko wechselte sie sofort aus. Ich frage mich nur: Wie kann eine erwachsene Frau für James Blunt schwärmen?

14

Ich hasse Montage. Habe ich das schon erwähnt? Schon beim Aufwachen dröhnen die Bangles in meinem Kopf: »Just another manic monday. I wish it was sunday. That's my fun day.« Natürlich mussten sich ausgerechnet am Montag die Ereignisse überschlagen. Dabei hätte ich mindestens noch einen Tag länger ruhen wollen. Denn der Chiemseetrip war nicht unbedingt erholsam gewesen: zu viele Touristen und Kassandras ruhiges Plätzchen eine Picknickwiese für Familien mit lauten Kindern, bellenden Hunden und streitenden Senioren. Ich frage jetzt nicht: Wer hat's vorher gewusst?

Am frühen Vormittag führte ich ein langes Gespräch mit Rudis Eltern. »Glaubst du wirklich, Johann…«, begann der Vater, »…dass wir das nicht wussten?«, vollendete Rudis Mutter den Satz ihres Mannes. Ich hatte dezent Rudis Beziehung zu Männern im Allgemeinen und zu Ion Ionesco im Speziellen angedeutet. »Gesagt hat der Bub nie etwas, aber wir waren doch seine Eltern.« Gefühlt hätten sie es beide. »Wir wollten nicht, dass sich Rudi unter Druck gesetzt fühlt. Deshalb haben wir geschwiegen.« Die

Mutter seufzte, ihr Mann hielt ihr die Hand. Ich nahm einen Schluck Wasser. »Herrgott«, fluchte Rudis Vater ohne Vorwarnung, »wir leben im einundzwanzigsten Jahrhundert.« Elvira Pasolini ergänzte: »Wir sind doch keine Unmenschen. Natürlich hätten wir uns eine Schwiegertochter lieber gewünscht als einen Schwiegersohn.«

»Und Enkelkinder.«

»Aber das Wichtigste war doch, dass es unserem Kind gutgeht.«

»Ich glaube, Rudi hatte Angst, sich zu outen«, sagte ich.

»Sagt man das so?«, fragte Kurt Pasolini.

Ich nickte.

»Aber wir sind seine Eltern. Er hätte mit uns reden können. Wir haben den Bub nie zu etwas gezwungen, was er nicht wollte. Mein Mann und ich sind zwar nicht mehr die Jüngsten, aber auch nicht von gestern.«

Ich bat die Pasolinis, trotz aller Trauer, trotz aller Vorwürfe, die sie sich machten, das letzte Abendessen mit ihrem Sohn für mich gedanklich zu rekonstruieren.

»Bis gegen zehn waren wir bei Bruno. Rudi hat die Rechnung übernommen, Bruno eine Runde Averna spendiert. Danach sind wir nach Hause gegangen«, berichtete Kurt Pasolini. »Rudi sagte, er wolle noch etwas erledigen«, fügte Elvira an. Sie holte aus einer Schatulle einen Schlüssel. »Den hat er uns gegeben.«

»Für den Fall der Fälle.«

»Wir wussten an dem Abend nicht, was er damit meinte.«

Elvira Pasolini gab mir den Schlüssel. Ich betrachtete ihn lange.

»Schließfach?«, spekulierte ich ins Blaue.
»Vermutlich«, antwortete Herr Pasolini.
»Ich habe eine Idee«, sagte ich und verabschiedete mich von Rudis Eltern. Elvira Pasolini schloss mich in die Arme. Ihr Mann drückte mir die Rechte und legte seine Linke auf meinen Handrücken.
»Sei vorsichtig, Johann.«
»Ein Toter ist ein Toter zu viel.«
Von der Wohnung der Pasolinis war es nur ein Katzensprung zu Rudis ehemaliger beruflicher Wirkungsstätte. Eine freundliche Wechselbankangestellte, deren symmetrisches Gesicht mit den großen Katzenaugen mir noch von der Beerdigung her bekannt vorkam, führte mich in den Raum mit den Schließfächern. »Ich lasse Sie jetzt allein, Herr Watzmann. Falls Sie etwas brauchen, drücken Sie bitte den Knopf. Ich komme dann sofort wieder.« Das nette Fräulein zeigte auf eine Klingel und empfahl sich. Hübsch, die Kleine, dachte ich. Vielleicht sollten wir mal ausgehen. Vielleicht ins Theater.

Das Wasserburger Theater bietet für ein Provinztheater, in dem sich neben Profis auch talentierte Amateure versuchen dürfen, erstklassige Inszenierungen mit erstklassigen Schauspielern in klug ausgewählten Stücken. Mit meinen Eltern war ich dort früher ständig gewesen, wenn ich nicht gerade selber gespielt hatte. Es gab kein Stück, das wir nicht gesehen hätten. Meine Eltern – ein pensionierter Landanwalt und eine pensionierte Landärztin, die beide in der Großstadt aufgewachsen waren – lechzten geradezu nach Kunst und Kultur. Sie nahmen mit, was ihnen in Wasserburg geboten wurde. Jedes Rathauskonzert, jede Schulaufführung, jede Kleinkunstdarbietung, jede Ausstellung – praktisch alles.

Ich kramte den Schlüssel aus meiner Cordhosentasche und öffnete das Schließfach. Dabei fühlte ich mich wie die Miniaturausgabe von Dan Browns Robert Langdon. Den Inhalt des Schließfachs, eine Landkarte der Umgebung, breitete ich auf dem Eisentisch vor mir aus. Ein relativ großes Wald- und Moorgebiet zwischen Vogtareuth und Rosenheim, das ich nur vom Vorbeifahren kannte, war mit roter Farbe eingekreist. Was fehlte, war eine Legende oder Beschreibung. Dafür hatte der Rudi die Visitenkarte einer Firma an den oberen Rand der Karte geheftet. Ich las: Personalagentur Baumbauer & Söhne. Färbergasse. Wasserburg. Dann drückte ich die Klingel.

»Vielen Dank«, sagte ich zu der freundlichen Bankfrau. Die Einladung zum Essen, ins Theater oder ins Wasserburger Werkstattkino konnte ich zu einem späteren Zeitpunkt immer noch aussprechen, überschlug ich kurz in Gedanken meine Angelegenheiten. Jetzt hatte ich leider anderes zu tun. Außerdem wollte ich bei nächster Gelegenheit Kassandras Gefühle, falls sie welche für mich hegte, ergründen. Sie stand in meinen persönlichen Charts trotz des missglückten Chiemseeausflugs noch immer sehr weit oben.

Die Personalagentur war geschlossen. Ich presste meine Nase an die Eingangstür, in der sich das Sonnenlicht spiegelte. Außer einer zweiten Tür und einem Schreibtisch mit zwei Stühlen konnte ich nichts erkennen. Mit halb zugekniffenen Augen suchte ich das Zimmer ab. Dabei lehnte ich mich gegen die Tür, bis diese plötzlich aufging und ich hineinfiel.

Wie bei meinem Kopfballtreffer gegen Ampfing lag ich nun ausgestreckt da, alle viere von mir gestreckt. Als ich mich gerade wieder berappeln wollte, bemerkte ich eine Person vor mir. Ich wollte mich noch zur Seite rollen, meinen Kopf schützen, wusste aber gleich, dass ich keine Chance hatte. Aus den Augenwinkeln sah ich noch den Schlagstock, der nur den Bruchteil einer Sekunde später auf meinen Kopf niederging. Stille.

So muss sich Totsein anfühlen. Die perfekte Ruhe. Ähnlich der eines Nachttauchgangs im Meer oder nach dem Öffnen eines Fallschirms über der Erde. Nicht schlecht. Ich hätte mich an diesen Zustand gewöhnen können. Stattdessen hörte ich den Gabriel reden. Leider nicht den Erzengel, sondern bloß den Polizeiobermeister.

»Sherlock«, wiederholte er mehrmals und klatschte mir die flache Hand ins Gesicht. »Sherlock. Aufstehen. Sherlock.«

Mit dem Bass konnte er Tote wecken. Ich öffnete langsam die Augen. Jetzt spürte ich den Schmerz. Unbarmherzig hämmerte er auf mein geschundenes Hirn. Gabriel half mir auf die Beine. Ich torkelte wie ein betrunkener Seemann nachts um halb eins auf der Reeperbahn und musste mich am Schreibtisch festhalten, um nicht wieder umzufallen.

Aus einem Zimmer hinter dem Büro kamen zwei Sanitäter. Zwischen ihnen auf einer Bahre lag ein Mann von etwa fünfzig Jahren – tot. Bleivergiftung, sprich: zwei Kugeln im Brustkorb. Ich warf Gabriel einen fragenden Blick zu.

»Hermann Baumbauer«, erklärte der Polizist. »Inhaber einer Personalagentur in München mit Filialen in Oberbayern. Seit einem halben Jahr ist oder, besser gesagt, war er auch in Wasserburg mit einem Büro vertreten. Nachdem sie das Arbeitsamt hier dichtgemacht haben.«

»Geht's Ihnen gut?«, fragte mich einer der Sanitäter im Vorbeigehen.

»Brauchen Sie Hilfe?«, erkundigte sich der zweite Samariter.

»Geht schon, danke«, sagte ich, den wilden Hund markierend.

Gabriel sah mich misstrauisch von der Seite an. Ich wusste natürlich sofort, worauf er abzielte. »Ich war's nicht«, erklärte ich beschwörend. Gabriel brummte etwas. »Dumme Zufälle«, sah ich mich gezwungen, höhere Mächte ins Spiel zu bringen. So viel Zufall gibt es aber gar nicht. Alle hundert Jahre ein Mord in Wasserburg. Und dann gleich zwei innerhalb nur weniger Tage. Und ich immer irgendwie beteiligt.

»Ich glaube, ich kenne den Mörder«, behauptete Gabriel und winkte mich mit der rechten Hand aus dem Laden.

»Du kennst den Mörder?«, fragte ich erstaunt – der ungläubige Thomas ein Heiliger dagegen.

»Den Mörder von Rudi Pasolini.«

»Wer?«

»Du gehst jetzt besser, Sherlock. Du behinderst Polizeiarbeit.«

»Wer?«, wiederholte ich meine Frage.

»Berufsgeheimnis.« Gabriel grinste.

Ich betastete die Beule am Kopf.

»Du bist aus dem Schneider, Watzmann. Wir vernehmen dich jetzt nur noch als Zeugen, nicht mehr als Tatverdächtigen.«

»Heißt das: Rudis und Baumbauers Mörder sind ein und derselbe? Es gibt einen Zusammenhang zwischen beiden Morden?«

»Ob es Mord war, muss ein Schwurgericht entscheiden«, antwortete Gabriel formaljuristisch, praktisch Rechtsphilosophie-Professor.

Ich schlich beschämt nach Hause, löste fünf Aspirin in einem Glas Wasser auf und stürzte das trübe Gebräu in einem Zug die Kehle hinunter. Bis zum Training brauchte ich unbedingt Ruhe. Den Ausflug in den Wald musste ich auf den nächsten Tag verlegen. Im Augenblick konnte ich nicht einmal mehr bis drei zählen. Jede Gehirnzelle fühlte sich an wie nach einer durchzechten Nacht, nur schlimmer. Ich tat mir selber leid, unendlich. Hätte ich mich doch bloß nie auf Schwerverbrechen eingelassen, schalt ich mich selber. Ich musste mir eingestehen: Was Wallander kann, konnte ich noch lange nicht.

Aber war der missmutige schwedische Kommissar nicht auch schon niedergeschlagen worden? War er dann einfach liegen geblieben und hatte sich auszählen lassen? Die Antwort: nein. Das war keine Lösung. So leicht gibt sich Watzmann nicht geschlagen. Voller Tatendrang sprang ich auf. Vor mir Sternenhimmel. Ich fiel rücklings aufs Bett und sofort in einen komatösen Tiefschlaf. Schon wieder träumte ich von Kassandra. Schon wieder wurde sie ermordet. Schon wieder konnte ich sie nicht retten. Schon wieder weckte mich ein Klingeln. Das Handy. Es war die Ermordete.

Nach ein paar Stunden Schlaf fühlte ich mich kaum

besser. Ich sagte: »Wir treffen uns um sechs am Sportplatz.« Es gebe Neuigkeiten. Zuvor aber müsse ich noch trainieren, wegen des Endspiels am nächsten Wochenende gegen den Sportbund Rosenheim.

»Keine Kopfbälle«, sagte ich zu Alois. »Mir brummt der Schädel.«

»Zu viel gesoffen«, hielt mir unser Trainer in seiner lakonischen Art, in der er seinem Nürnberger Kollegen Meyer in nichts nachstand, entgegen.

An diesem späten Nachmittag schob ich mir beim Training lediglich mit Ronaldinho die Bälle zu, trabte in gemäßigtem Tempo um den Platz, machte ein wenig Gymnastik. Kassandra kam früher als vereinbart. Sie setzte sich auf die kleine Tribüne neben dem Sportplatz. Ich winkte ihr kurz und versuchte aus lauter Übermut einen Kunstschuss aus dreißig Metern ohne guten Ausgang. Zu allem Überfluss klatschten die Herren Mannschaftskameraden Beifall. Schwamm drüber.

Als wir nach der Übungseinheit frisch geduscht aus der Kabine kamen und ich gerade ein paar belanglose Worte mit unserem Torwart wechselte, hielten vor dem Trainingsgelände fünf Polizeiwagen mit Blaulicht und Martinshorn. Gabriel in ziviler Aufmachung, sprich: schlechtsitzendem grauem Anzug, steuerte direkt auf mich zu. Ich ahnte das Schlimmste. Richtig gute Show, wollte ich schon sagen, aber Gabriel schob mich zur Seite, hinter ihm zehn Uniformierte. Als ich mich nach ihnen umdrehte, klickten bereits die Handschellen. »Ich verhafte Sie wegen des dringenden Verdachts, Rudolf Pasolini und Hermann Baumbauer getötet zu haben, Herr Ionesco«, hörte ich den Gabriel schneidig aufsagen.

Die Polizisten schleppten Ion zu einem Wagen. Ich stellte mich Gabriel in den Weg: »Er war's nicht«, sagte ich. Meine Mannschaftskameraden standen daneben und verstanden die Welt nicht mehr.

»Oh doch, Sherlock«, schrie Gabriel.

»Welches Motiv sollte er gehabt haben?«

»Rache, Habgier, Streit.«

»Beweise?«

»Du kannst mir den Buckel runterrutschen.«

Der Bulle schob mich schon wieder zur Seite. Abgang Gabriel.

Auftritt Kassandra.

»Warum hast du diesem Deppen nicht erzählt, dass Ion und Rudi zusammen waren?«

»Dann hat er erst recht ein Motiv. Ein Mord im Schwulenmilieu oder sonst was. Du weißt doch, wie schnell sich so etwas verselbstständigt. Ein Vorurteil jagt das nächste. Und am Ende ergeben zwei und zwei nicht mehr vier.«

»Sondern fünf«, rechnete Kassandra im Kopf aus.

15

Der Schweighofer Alois gab mir erst mal trainingsfrei. »Glaub mir: Ronaldinho ist nicht Rudis Mörder«, hatte ich dem Trainer zuvor versichern müssen. Alois nickte und fragte, ob ich bis zum Endspiel die Unschuld unseres wichtigsten Akteurs beweisen könnte. »Ich hoffe es«, gab ich zurück, war mir aber alles andere als sicher. Unter uns: Ich war zu dem Zeitpunkt fast vollständig davon überzeugt, dass der Präsident seine Hände im Spiel hatte. Nur wie sollte ich das belegen? Während er über Kontakte nach ganz oben verfügte, war ich nur ein kleines Licht in Wasserburg – ich schäme mich nicht zu sagen: ein Provinzdetektiv von Gottes Gnaden.

Eine gute Stunde nach dem Training erschien ich mit Kassandra und einem Anwalt, den sie von früher kannte, bei der Polizei. Gabriel empfing uns mit einem Lächeln.

»Deine Uniform?«, stellte ich die falsche erste Frage.

»Beförderung«, ließ sich Gabriel das Wort nach einer längeren Kunstpause auf der Zunge zergehen. Er schmatzte es förmlich heraus, um dann zu betonen:

»Im Gegensatz zu dir, Sherlock, bin ich jetzt ein Kriminaler.«

»Ein Krimineller vielleicht«, kommentierte Kassandra.

»Vorsicht, Fräulein, Vorsicht. Beamtenbeleidigung ist kein Kavaliersdelikt.«

»Haben sie keinen anderen gefunden?«, fragte ich Gabriel in Anspielung auf den Hauptkommissar Rossi und den Oberkommissar Valentin.

»Der Deal lautete: Fang den Mörder, mach Karriere. Jetzt bin ich die Wasserburger Kripo. Die ersten drei Monate auf Probe.«

Ich riet Gabriel, die grüne Uniform nicht wegzuschmeißen. Denn lange würde er sich nicht in seinem Erfolg suhlen können. Schon bald, prophezeite ich dem Kriminalbeamten auf Probe, würde er in Wasserburg wieder den Verkehr regeln und Strafzettel verteilen. »Du hast den falschen Mörder.«

Gabriel lachte. »Das glaube ich nicht.«

»Was macht Sie da so sicher?«, schaltete sich nun der Anwalt in unseren kleinen Disput ein. Ich fühlte mich einen Augenblick wie Matula.

»Moderne Kriminaltechnik«, erklärte Gabriel überlegen und meinte Fingerabdrücke, DNA und wissenschaftliche Methoden. Der Anwalt, ein junger Mann namens Dr. Eduard Eder, verlangte Akteneinsicht. Ich weiß nicht, ob Gabriel berechtigt war, den Akt herauszurücken, oder ob das nicht Aufgabe des Staatsanwalts gewesen wäre. Jedenfalls tat er es mit seinem berühmten Grinsen. Ganz aufrecht stand er vor uns. Mit seinen Kuhaugen fixierte er Kassandra. Als Kommissar rechnete er sich vermutlich Chancen bei ihr aus.

»Wie Sie sehen, haben wir die Tatwaffe in Ronaldinhos, also Ion Ionescos Zimmer in der Schwarz-Villa sichergestellt.« Gabriel räusperte sich. »Baumbauer wurde damit heute Mittag erschossen. Die Ballistiker sind sich absolut sicher.« Gabriel nahm einen Schluck aus seiner Kaffeetasse. »Die erkennungsdienstlichen Maßnahmen haben zudem ergeben, dass die Fingerabdrücke, die wir auf dem Messer gefunden haben, mit dem Rudi Pasolini erstochen wurde, mit den Abdrücken von Ionesco übereinstimmen.« Gabriel deutete auf den Computer neben sich.

Eder fragte nach Schmauchspuren. Gabriel blätterte in den Akten und wurde sogar fündig: »Schmauchspuren ließen sich an den Händen des Verdächtigen nicht nachweisen. Ronaldinho hat wahrscheinlich Handschuhe getragen. Deshalb waren auf der Pistole auch keine Fingerabdrücke.«

»Die Pistole könnte Herrn Ionesco genauso wie das Messer untergeschoben worden sein«, insistierte der Anwalt. »Schwarz hat in der letzten Zeit viele Gesellschaften gegeben, bei ihm war immer Full House sozusagen. Ich selbst war mehrmals anwesend. Mein Mandant musste in der Küche helfen. Gemüse, Brot und Früchte schneiden. Würde mich nicht wundern, wenn so seine Fingerabdrücke auf das Messer kamen.« Kassandra nickte zustimmend in ihrer Funktion als Aushilfsklatschreporterin für Radio Altstadt.

»Es gibt aber Zeugen«, gewann Gabriel sofort wieder seine neue Souveränität zurück.

»Zeugen?«

»Zeugen!«

»Wie viele?«, fragte der Anwalt.

»Einen.«

»Name?«

Gabriel blätterte.

»Nicht aktenkundig.«

»Ein anonymer Zeuge also«, fasste mein Advokatenfreund den Stand der Dinge zusammen und lachte.

»Das Lachen wird Ihnen noch vergehen, Herr Anwalt«, schimpfte Gabriel.

»Wirklich?«, mischte sich nun wieder Kassandra ins Geschehen ein.

»Unser Zeuge hat gesehen, wie Ronaldinho Baumbauers Büro um die Mittagszeit betreten hat. Und er hat gehört, wie in kurzer Folge zwei Schüsse fielen. Kurz darauf ist Ronaldinho aus dem Haus gestürmt. Wir wurden sofort informiert. Vor Ort haben wir dann dich gefunden, Watzmann. Und den Toten.«

»Sie haben das Telefonat doch sicher aufgezeichnet«, sagte Dr. Eder bestimmt.

»Welches Telefonat?«, fragte Gabriel verstört.

»Das mit dem Zeugen.«

»Ach so«, antwortete Gabriel und wischte den Einwurf mit einer abwehrenden Geste beiseite. »Kein Telefonat. E-Mail.« Gabriel hielt einen kurzes Referat über die Vorzüge moderner Technik, bis ihm unser Anwalt unsanft das Wort abschnitt.

»Und der Absender?«

Gabriel fasste sich nun kürzer: »Eine Hotmail-Adresse.«

»Den genauen Absender bitte.«

»Kennen wir nicht«, musste Gabriel gestehen.

»Warum nicht?«

»Registrierung unter einem Fantasienamen.«

»Was soll das heißen?«

Gabriel zögerte. »Es spielt überhaupt keine Rolle, wer die E-Mail geschrieben hat. Der Richter hat den Durchsuchungsbeschluss unterschrieben. Und meine Kollegen haben die Tatwaffe bei Ronaldinho gefunden. Die Indizien sprechen gegen ihn. Er ist Baumbauers Mörder und der von Rudi Pasolini. Wir haben dafür mehr als genug Beweise. Würde mich nicht wundern, wenn der Staatsanwalt lebenslänglich fordert. Nur der Herr Präsident tut mir leid. Er hat so viel für die Geschwister getan. Das ist nun der Dank.«

»Jetzt übertreib's nicht!« Ich brüllte beinahe. In letzter Zeit hatte ich es mit dem Brüllen. Wahrscheinlich waren es die Nerven, die ich nicht mehr so recht im Zaum halten konnte.

»Wieso hätte Ronaldinho den Rudi töten sollen?«, fragte ich nach einer kurzen Denkpause.

»Frag deine Mannschaftskameraden«, entgegnete Gabriel kryptisch.

Ich legte die Stirn in Falten, sprich: drei Fragezeichen.

»Die beiden haben sich doch die ganze Zeit gestritten. Vor Zeugen. Selbst auf dem Fußballplatz haben die sich angeschrien. Da ging es um persönliche Eitelkeiten. Wer der bessere Stürmer ist, wer mehr Fans hat. Du weißt ja selber, wie Fußballer so ticken. Wenn du mich fragst, Sherlock: Ronaldinho war auf Rudi eifersüchtig und hat deswegen seinen Hauptkonkurrenten um die Gunst des Publikums einfach aus dem Weg geräumt. Wahrscheinlich wollte er sich für einen höherklassigen Verein empfehlen. Und allein steht es sich viel besser im Rampenlicht.«

Ich verwies auf Hermann Baumbauer. Hier fehle eindeutig ein Motiv, sagte ich. »Raubmord«, sagte Gabriel. »Bargeld.«

»Lass mich raten: unter Ions Bett.«

»Im Kopfkissen.«

Jetzt verstand ich die Welt nicht mehr. Wollte Ronaldinho mit dem Geld verschwinden? Seiner Schwester und sich einen neuen Start ermöglichen? Ich glaubte, meinen Sturmkollegen mittlerweile gut genug zu kennen. Ich wusste, dass ihn seit Rudis Tod nichts mehr in Wasserburg hielt. Einen Mord an einem Unschuldigen aber hätte er dafür nie begangen. Nun stellte sich die Frage: War Baumbauer unschuldig?

»Ich will jetzt sofort meinen Mandanten sprechen«, forderte der Anwalt.

Gabriel ließ ihn in die Zelle. Kassandra und ich warteten draußen. Ich fragte den frischernannten Kriminalpolizisten, wo sie die Pistole gefunden hatten.

»Im Kleiderschrank«, antwortete der vierschrötige Erzengel ohne Zögern, »unter Ronaldinhos Unterhosen.«

»Das ist doch inszeniert«, keifte Kassandra.

Ich gab ihr recht. Mit dem Anwalt verließen wir kurze Zeit später die Inspektion. Dr. Eder hatte Ronaldinho geraten, die Aussage bis zur Hauptverhandlung zu verweigern. Vielleicht würde es aber gar nicht zu einer Anklage kommen. Weil der Provinzdetektiv Watzmann bis spätestens Samstag den wahren Mörder bereits überführt hätte. Ich selber konnte mir das allerdings kaum vorstellen. Ion, Kassandra und der Anwalt wahrscheinlich auch nicht.

Bevor wir uns an diesem Abend trennten, fragte ich den Doktor Eder, ob ihm der Karpaten-Ronaldinho in seiner Zelle noch etwas Wichtiges anvertraut habe. Eder gab Ronaldinhos Worte wieder: »Die haben mich reingelegt. Ich war bis zwölf Uhr im Seniorenstift und zum Mittagessen zu Hause. Uschi kann das bezeugen. Sie hat für mich gekocht: Schinkennudeln.«

Die Brandner konnte laut Gabriel die Aussage ihres zukünftigen Stiefpatensohns nicht bestätigen: »Ich habe Ion den ganzen Tag nicht gesehen. Zu Mittag gegessen habe ich jedenfalls alleine: Salat mit Putenstreifen.«

16

Keine Zeit verlieren, gab ich am frühen Dienstagmorgen die Parole aus. Kassandra verlegte deshalb kurzerhand ihr Frühstück vom Küchentisch in meinen Wagen, was ich, ehrlich gesagt, nicht wirklich gut fand. Ich musste zuschauen, wie die Brotkrümel auf den Originalfußmatten meines erst kürzlich generalgereinigten Diplomaten landeten. »Könntest du vielleicht ein bisschen aufpassen«, schnauzte ich meine Begleiterin an, die sich eine Woche Urlaub genommen hatte, um mich bei meinen Recherchen zu unterstützen.

Wir fuhren im wahrsten Sinne des Wortes über Stock und Stein: Wiesen, Felder, Feldwege. Mehrmals musste ich im Unterholz wenden, kilometerweite Umwege fahren, wieder wenden, eine ganz andere Richtung einschlagen, missmutige alte Opas nach dem Weg fragen, den sie nicht kannten, bis wir endlich gefunden hatten, was wir suchten – den roten Kreis auf Rudis Karte.

Natürlich war der rote Kreis kein roter Kreis, sondern ein Ort, den wir ohne die Landkarte und ein bisschen Glück nie gefunden hätten, weil wir ihn erstens nie gesucht und zweitens nirgendwo vermutet hätten.

Mitten im Wald, in unmittelbarer Nähe einer Moorlandschaft, entdeckten wir ein kleines Dorf aus Bau- und Wohnwagen neben kleinen Holzhütten und blauen Toilettenhäuschen, sprich: Dixie.

Wer mochte hier wohnen und weshalb interessierte sich Rudi für die Behelfssiedlung, die auf keiner Landkreiskarte verzeichnet war? Kassandra hörte den Schäferhund als Erste. Ich sah ihn dafür schneller. Mit der Geschwindigkeit eines jagenden Geparden stürmte das Vieh auf uns zu und fletschte die Zähne. Speichel rann aus einem riesigen Maul.

Eigentlich habe ich keine Angst vor Hunden. Mit Johann, unserem Golden Retriever, war ich als Kind immer sehr gut ausgekommen. Ich stützte mein rechtes Knie auf den Waldboden und legte meinen Kopf zur Seite. Das Tier beruhigte sich und hörte auf zu bellen. Unter anderen Umständen hätten wir Freunde werden können, so wie George und Timmy, der Hund, bei Enid Blyton, doch der Köter wurde just in dem Moment zurückgepfiffen.

Nun zeigte sich sein Herrchen. Ein älterer Herr mit schwarzen Haaren, dunklen ängstlichen Augen und abgetragener Jeans, der vor sich hin plapperte. Jedoch in einer weder Kassandra noch mir verständlichen Sprache. Wir zuckten mit den Schultern. Der Alte schien ratlos. Er bedeutete uns zu warten. Dann kam er mit einer jüngeren Ausgabe seiner selbst wieder: schwarze Haare, dunkle ängstliche Augen und abgetragene Jeans.

»Wir nix sprechen Deutsch, bitte gehen«, sagte der Jüngere, während der Ältere zu diesen Worte nickte und sein zahnloses Gebiss entblößte.

Ich wagte einen Schuss ins Blaue: »Gheorghe Hagi!«

Die beiden Männer strahlten. Von Ronaldinho wusste ich, dass die Rumänen den ehemaligen Kapitän ihrer Nationalelf wie einen Heiligen verehren.

Der Ältere zeigte nun auf die Wohnwagensiedlung und sagte wieder etwas Unverständliches. Der Jüngere übersetzte die Worte des Alten: »Klein-Bukarest.«

Mehr war aus den beiden nicht herauszuholen. Das Deutsch des Jüngeren umfasste einen Schatz von höchstens zwanzig Wörtern. Ich erzählte ihnen trotzdem vom Karpaten-Ronaldinho. Dass ich sein Freund sei und er in Schwierigkeiten stecke. Und dass ich zurückkommen würde. Und wir uns unterhalten müssten. Der Jüngere nickte eifrig, tat so, als würde er verstehen. Sicher war ich mir da nicht.

Da fürs Erste alles gesagt war, verabschiedeten wir uns förmlich, auch wenn ich unbedingt mehr über die Wald-Rumänen erfahren wollte.

»Ich komme wieder«, sagte ich.

»Alles klar, Chef«, antwortete der junge Mann.

In Wasserburg tauschte ich die Frauen. Anstelle von Kassandra saß nun Tatjana auf dem Sitz neben mir.

»Schönes Auto«, sagte sie beim Einsteigen. »Schöne Musik«, lobte sie meinen Operngeschmack. »Ich mag Villazón.«

»Und ich die Netrebko.«

Tatjana kicherte verlegen.

Es hatte gedauert, bis ich Kassandra davon überzeugt hatte, mich alleine mit Tatjana zu deren Landsleuten fahren zu lassen. »So wenig Fremde wie möglich«, rechtfertigte ich mich in aller Ausführlichkeit.

»Na gut. Dann rede ich halt mit diesem Flittchen.«
»Du meinst die Uschi?«
»Kennst du noch eins?«
Ich überlegte. Dann fragte ich: »Warum machst du es dir nicht auf meiner Terrasse gemütlich?« Der Himmel über Wasserburg war noch immer strahlend blau.

Kassandra meinte, dass sie sich auch anderswo langweilen könne. Dafür brauche sie nicht meine Dachterrasse. Sie werde sich die Uschi zur Brust nehmen. Von Frau zu Frau. Und fragen, warum sie bei der Polizei falsches Zeugnis abgelegt hatte.

»Du glaubst, dass sie gelogen hat?«, fragte ich.
»Du nicht?«
Ich wusste es nicht. »Keine Ahnung.«
»Dann viel Spaß mit Tatjana. Ich wünsche einen schönen Tag.«
Sprach's und verschwand.

Tatjana redete während der Fahrt kein einziges Mal unaufgefordert. Sie war das genaue Gegenteil von Kassandra, aber ebenfalls sehr hübsch. Wenn auch auf eine andere, osteuropäische Art. Rotbraune lange Haare, hohe Wangenknochen, spitzes Kinn, dünne Lippen, schmale Schultern, kleiner Busen. Nicht gerade der schwedische Typ. Aber egal. Ich ertappte mich bei dem Gedanken, dass sie eventuell lesbisch sein könnte. In Anlehnung an ihren Bruder. Als ob das etwas mit den Genen zu tun hätte. Jedenfalls hütete ich mich zu fragen, ob sie einen Freund oder eine Freundin habe.

»Wo warst du gestern, Tatjana? Dein Bruder sagt, du warst nicht zu Hause.«
»Ich musste arbeiten. Auswärts.«

Ich verstand und zügelte meine Neugier. Also erzählte ich vom Spiel in Ampfing. Dass Ion ein großartiger Fußballer sei, der das Talent für die Bundesliga habe. Tatjana hörte schweigend zu. In ihren Augen sah ich Tränen. Die Netrebko starb gerade als Traviata zu Verdis Klängen.

Ich lenkte den Wagen auf sicheren Pfaden, ohne mich zu verfahren. »Voilà«, sagte ich stolz, als wir vor der Waldsiedlung hielten. »Darf ich vorstellen: Little Bukarest.«

Tatjana erzählte mir, dass Ion ihr vor einiger Zeit schon einmal von dieser Siedlung berichtet habe. Selber sei er aber nie hier gewesen. Der Rudi schon. Wie der auf diesen Flecken Erde gekommen sei, könne sie nicht sagen. Als ein weiteres Teil des Puzzles versuchte ich diese Informationen anzulegen. Allerdings wusste ich nicht, an welcher Stelle.

Ich stellte Tatjana zunächst dem älteren und dann dem jüngeren Rumänen vor, der sie, wie ich zu sehen meinte, mit den Augen auszog, was mir nicht gefiel. Denn Tatjana gefiel mir immer besser. Ich redete mir ein, dass der schwedische Typ sowieso out sei. Außerdem mochte Tatjana meine Musik. Und sie lobte mein Auto. Wahrscheinlich spielten bei dieser Überlegung auch Ur-Instinkte eine Rolle.

Ich bat sie zu dolmetschen, da ich alles über diese Siedlung wissen wollte. Alles über die Menschen, die hier lebten. Warum sie hier lebten. Wer sie nach Deutschland gebracht hatte. Und ob sie Rudi Pasolini, den Präsidenten Schwarz und oder den Personalberater Baumbauer kannten.

Die Rumänen waren nicht gerade auskunftsfreudig.

Sie wussten mehr als sie sagten, doch sie trauten mir nicht. Vermutlich hätte ich mich nicht anders verhalten. Wer wusste schon, ob ich ihnen schaden oder vielleicht helfen wollte. Dabei ging es mir in erster Linie darum, den Mord an meinem Freund aufzuklären, der offenbar eine ganz heiße Sache aufgedeckt hatte. Sonst hätten nicht zwei Menschen sterben müssen. Ich kannte den Zusammenhang nicht, glaubte aber, dass es ihn geben musste.

»Carol arbeitet auf dem Bau«, übersetzte Tatjana sinngemäß, nachdem sie sich eine ganze Weile mit dem jungen Mann unterhalten hatte. »Sechs Tage die Woche schleppt er Ziegelsteine, sein Bruder putzt in Schulen, Kindergärten, Rathäusern, Landratsämtern, Krankenhäusern.« Ein Bus bringt die Rumänen jeden Tag an ihre Arbeitsstätten. Zwei Euro Lohn pro Stunde. Die Miete für die Wohnwagen ist dafür sehr günstig. Die meisten Bewohner von Klein-Bukarest arbeiten auf dem Bau, in der Reinigungsbranche oder in Schlachtereien. Die jüngeren Frauen schaffen an. Die älteren kochen in Betriebskantinen. Eine Arbeitserlaubnis besitzt hier keiner. Ihre Pässe mussten sie hinterlegen. »Scheiße, aber besser als zu Hause«, betonte Tatjana.

Der junge Rumäne ließ es sich nicht ausreden, uns zum Essen in den Wohnwagen seiner Familie einzuladen. Um ehrlich zu sein: Mir schmeckte es nicht besonders. Trotzdem bedankte ich mich bei der Großmutter überschwänglich und bat Tatjana, die Kochkünste der alten Frau zu loben. Die freute sich sehr über das falsche Kompliment.

Am Abend setzte ich mich an den Computer, sprich:

Internetrecherche, um die Aussagen zu überprüfen. Schon als Bub war ich sehr misstrauisch. Der typische Prüfer. Ich fütterte Google mit Begriffen wie Schwarzarbeit, Menschenhandel, Sklaverei. Das Ergebnis konnte ich erst nicht glauben. Doch nicht hier bei uns in Bayern!

Carols vage Andeutungen waren symptomatisch für ein System, das mit der Ausbeutung von Menschen Millionen abschöpft. In diesem System tummeln sich Sub-Unternehmer und Sub-Sub-Unternehmer. Jeder will verdienen, aber keiner trägt die Verantwortung. Begriffe wie Schuldgefühl, Nächstenliebe oder Ausbeutung existieren dabei nicht. Wenn doch einmal eine Kette von Unternehmen und Unter-Unternehmen reißt, werden oft nur die Letzten bestraft: die Sub-Sub-Sub-Unternehmer und die illegal Beschäftigten. Die Starken nutzen die Notlage der Schwachen, locken sie mit unrealistischen Versprechen ins Land und machen sich sofort daran, sie auszubeuten. Nebenbei wird der Staat um Abgaben, sprich: Steuern, betrogen. Die Reinigungs- und die Baubranche sind besonders anfällig. Ausländer werden ohne Arbeitserlaubnis eingestellt und mies oder gar nicht bezahlt. Die Arbeitgeber können sich darauf verlassen, dass die Leute nicht zur Polizei gehen, weil sie Angst vor Strafe und Abschiebung haben.

Lange suchte ich an diesem Abend nach Zusammenhängen. Welche Rolle spielte Baumbauer in diesem System, welche Schwarz? Was hatte Rudi gewusst? Was wusste Ronaldinho? Ich nahm mir vor, ihn am nächsten Tag in der U-Haft zu besuchen. Ich glaubte, dass er mir das Wichtigste verschwiegen hatte. Warum, musste ich herausfinden. Ich wollte ihn entlasten – auch weil ohne ihn der Abstieg drohte. Vor dem Einschlafen versuchte ich es auf Kassandras Handy – niente, nada, nothing. Ich nahm an, dass sie beleidigt war, weil ich Tatjana in den Wald mitgenommen hatte. Wie sich später herausstellte, konnte ich weiter nicht danebenliegen.

17

Schon beim Aufwachen plagte mich der kleine Hunger. Zudem musste ich aus innerem Zwang heraus einen bayerischen Kontrapunkt zum rumänischen Großmutter-Eintopf vom Vortag setzen. Früh genug für eine Weißwurst war es noch. Wenn mein Magen nicht sogar nach etwas noch Deftigerem verlangte. Aber war ich nicht Vegetarier?

»Eine warme Leberkässemmel zum gleich Essen«, bestellte ich eine Viertelstunde nach neun in der Markthallenküche. Ausnahmen bestätigen die vegetarische Regel, solange sie Ausnahmen bleiben. Unter den Imbissen der Welt ist der Leberkäs noch vor Big Mac, Döner und Currywurst der beliebteste Klassiker der schnellen Küche. In Süddeutschland noch mehr als im Norden geht er mit süßem oder mittelscharfem Senf in der Semmel über die Theke. Freunde des Slow-food schätzen ihn unter einem Spiegelei an Bratkartoffeln oder mit Kartoffelsalat. Zweihundert Tonnen werden täglich zwischen Flensburg und Freilassing verspeist. Doch was ist drin im Leberkäse? Diese Frage hatte ich in meiner Anfangszeit als Provinzdetektiv für eine ältere Dame klären müssen.

Wolf Haas hat ja bereits in »Silentium« das Geheimnis um die Fleischmasse gelüftet. Er lässt seinen Privatdetektiv Brenner klug verkünden: »Der Leberkäs wird aus den Resten von den Knackwürsten gemacht. Und die Knackwürste aus den Resten vom Leberkäs.« Der Leberkäs ist tatsächlich eine Brühwurst. Einst hatte der bayerische Kurfürst Karl Theodor aus der pfälzischen Linie der Wittelsbacher zu seiner Inthronisierung eigens seinen Metzger aus Mannheim nach München beordert. Wenige Jahre später erfand der eine Komposition aus gehacktem Schweine- und Rindfleisch, die er in Brotformen backte.

»Mageres, grob entsehntes Rindfleisch, fettgewebsreiches Schweinefleisch, Salz, weißer Pfeffer, lauwarmes Wasser, grüner Speck ohne Schwarte, Zwiebel, Majoran«, verriet mir der Metzgermeister Alfons Gruber nach langem Betteln die Zutaten. Entscheidend sei aber die Qualität des Fleischs, die den guten vom schlechten Leberkäs trenne. Ich durfte dem Fonse, weil wir uns aus der Fußballjugendmannschaft kannten, einen Vormittag lang über die Schultern schauen: Zuerst schnitt er das Fleisch in grobe Stücke und drehte sie anschließend durch den Wolf. Das Brät vermengte er mit den anderen kleingehackten Zutaten und würzte es mit Salz und Pfeffer. Mit lauwarmem Wasser rührte er die Masse in einer Kastenform glatt und stellte sie kalt.

Der Name Leberkäse entspringt am wahrscheinlichsten dem Mannheimer Dialekt. Als sich Karl Theodors Hofmetzger die Spezialität erdachte, war die Form der eines Käselaibs ähnlich. Der Mannheimer sagte dazu: »Lääb Kees.« Und meinte Laib Käse. So entstand aus diesem Lääb Kees der Lewwerkäs und schließlich der Leberkäs.

Nach dreißig Minuten im Kühlschrank ritzte mein Metzger eine fünf Millimeter tiefe Rautenform in das Brät. Dann öffnete er den vorgeheizten Backofen, schob drei Formen hinein und stellte die Temperatur auf hundertachtzig Grad. Eine gute Stunde später konnte er den fertiggebackenen Leberkäs in seinem Laden anbieten.

Der Leberkäse hat in Bayern seinen festen Platz auf jeder Speisekarte, egal, ob auf dem Land oder in der Stadt. In Niederbayern haben sie ihm sogar eine Ode gedichtet: Zu den meistbegehrten Sachen g'hört seit je das Brotzeitmachen. Will man es so richtig feiern, fährt man halt nach Niederbayern, wo man, altem Brauch gemäß, zu gern isst den Leberkäs, den vom Wolf, dem Kajetan, der mit Recht steht vorne dran. Leberkäs! Ein feiner Duft schwängert schnell die Wirtshausluft.

Ich riss meinen Mund weit auf und biss gierig in die Semmel. Der Senf lief von den Rändern – direkt auf mein frischgewaschenes Maßhemd. Logisch. Ich musste nochmal nach Hause. Mit dem Fleck, auch wenn ich ihn fast vollständig entfernen konnte, wollte ich nicht in Stadelheim einlaufen. Der Karpaten-Ronaldinho war mittlerweile nach München überstellt worden. In Wasserburg haben sie ja nur Arrestzellen, aber kein richtiges Gefängnis.

»Du willst wissen, wieso ich Angst habe?«, stellte Ion mehr fest, als dass er fragte.

Ich nickte.

»Oft verschwinden einfach Leute. Leute, die den

Mund aufmachen. Leute, die den Mut haben, zur Polizei zu gehen. Leute, die sich mit ihrem Schicksal und dem Schicksal anderer nicht abfinden wollen.«

»Wie Rudi«, bemerkte ich.

»Mit dem feinen Unterschied, dass er gleich ermordet wurde.«

»Deshalb bin ich hier.«

»Was willst du noch?«

»Erstens will ich, dass du mir am Samstag den Siegtreffer auflegst. Dafür sollten wir aber bis Freitagabend deine Unschuld bewiesen haben.«

»Und zweitens?«

»Will ich zu Ende bringen, was Rudi begonnen hat.«

»Weißt du, was mich so nervt an dir?«

Ich schüttelte den Kopf.

»Dein Pathos.«

»Nenn es, wie du willst. Ich bin Rudi wenigstens die Wahrheit schuldig. Sein Tod soll nicht ganz sinnlos gewesen sein.«

Der Blick des Karpaten-Ronaldinhos schweifte in die Ferne, wobei die Ferne nicht wirklich weit war und im Grunde bereits drei Meter weiter an einer grau gestrichenen Wand endete. Schwamm drüber. Rudis verwitweter Lebenspartner zögerte. Er schloss für mehrere Momente die Augen, füllte die Lunge mit Luft, die er dann gut hörbar entweichen ließ.

»Okay«, sagte er. »Was willst du wissen?«

»Weißt du, was mich an dir so nervt, Dracula?«

Ion schüttelte den Kopf.

»Dass du es ganz genau weißt.«

Ion nickte verlegen und erzählte. Endlich.

Rudi hatte, nachdem ihm in der Bank nach Dienstschluss eine rumänische Putzfrau aus ihrem Leben erzählt hatte, auf eigene Faust zu ermitteln begonnen. Weil er mit einem Rumänen befreundet war, interessierte ihn das Thema. Außerdem glaubte er, dass es so schlimm schon nicht sein würde. Auch Rudi fühlte sich oft wie der Lohnknecht seiner Vorgesetzten. Freilich, einer mit Sozialversicherung und pünktlicher Gehaltsüberweisung am Monatsende. Je mehr er sich aber mit moderner Sklaverei auseinandersetzte, desto dringlicher erschien ihm das Problem – aus menschlicher Sicht, aber auch von der volkswirtschaftlichen Warte aus betrachtet. Der Rudi hatte schon immer gerne einen Schritt weitergedacht.

Er machte sich daran, die Strukturen aufzuschlüsseln. Ohne sein gesellschaftsrechtliches Wissen wäre Rudi schnell in einer Sackgasse gelandet. So aber entdeckte er immer wieder eine Tür, durch die er Einlass auf die nächsthöhere Stufe fand. In monatelanger Kleinarbeit sammelte er scheinbar zusammenhanglose Daten, die er dann in ein großes Ganzes überführte. Er fuhr ins Ausland und suchte nach Firmen, die aber nur auf dem Briefkopf existierten. Treuhänder, die nichts sagen wollten. Anwälte, die nichts sagen durften. Die sprichwörtlichen Bäume versperrten Rudi schnell die Sicht auf den Wald.

Zufällig belauschte er im Ristorante vom Bruno am Nebentisch eine Unterhaltung zwischen dem Präsidenten und dem Personalunternehmer Baumbauer. Rudi spitzte die Ohren, hörte aber nur Allgemeines. Entscheidender jedoch war, dass es zwischen den beiden eine Verbindung gab, sonst hätten sie sich wohl kaum miteinander unterhalten. Was würde sonst einen Präsidenten, den Platzhirsch am Ort, schon groß dazu bewegen, mit einem Kleinunternehmer zu speisen? Das schadet eher dem Image als großem Zampano, sprich: Macher.

Über Baumbauer hatte der Rudi zuvor schon Material gesammelt. Ihn kannte er als den Logistiker. Er organisierte die Schleusungen von Rumänien in die EU. Er verteilte die fremden Arbeiter auf ihre Plätze. Er begutachtete das weibliche Frischfleisch, gerne auch persönlich. Er charterte den Shuttle von den Behelfsdörfern, von denen das bei Rosenheim nur eines von vielen war, zur Werkbank, ans Werkbett oder an den Werkherd. Er stellte die Rechnungen. Er fälschte Papiere. Seine Agentur lieferte die legale Fassade. Schließlich war es ihre Aufgabe, Menschen in Lohn und Brot zu setzen. Wenn schon das Arbeitsamt dazu nicht fähig ist.

Rudi prüfte die Geschäftskonten der Schwarz Bau, die Schwarz bei der Wechselbank führte, fand aber nichts Illegales. Und so musste er den Schuss ins Blaue wagen. In einem Gespräch mit Stofferls Assistentin und Verlobten, die Rudi ihre ganze Macht demonstrierte und ihn deshalb nicht zum Chef vorlassen wollte, deutete er an, dass er von gewissen Machenschaften wisse.

»Welchen Machenschaften?«, markierte die Uschi die Unschuld vom Lande.

Der Rudi machte vage Andeutungen, die sie als Drohungen interpretierte. Uschi, die schon als Zwölfjährige mehr als kokett war, ließ den Wachdienst aufmarschieren und den Rudi von zwei Schränken aus dem Bürogebäude führen. Nicht ohne ihm vorher mitzuteilen, was sie von derartigen Anschuldigungen hielt und dass er sich auf eine Anzeige wegen Beleidigung gefasst machen könne.

»Nicht nötig«, setzte der Rudi noch entgegen. »Am Montag habe ich ohnehin einen Termin bei der Staatsanwaltschaft.« Das war am Freitag Nachmittag gewesen, kurz vor Feierabend. Einen Tag später wurde der Rudi erstochen.

»Warum musste auch Baumbauer sterben?«, bat ich Ronaldinho um seine Sicht der Dinge.

»Das System war etabliert, funktionierte reibungslos«, gab er zu bedenken. Vielleicht aber war Baumbauer jemandem lästig geworden. Vielleicht nutzte er sein Wissen als Erpresser. Vielleicht verlangte er eine zu hohe Summe für sein Schweigen.

Ich überlegte, bedankte mich, sagte »Ciao« zu Ronaldinho und fuhr über die Wasserburger Landstraße zurück nach Hause. Kassandra blieb weiterhin verschwunden.

18

Zwischen Tagesschau und Tagesthemen lief ich in meiner Wohnung bestimmt fünf Kilometer auf und ab. Dabei hätte ich wahrlich Besseres tun können. Zum Beispiel Klavier spielen oder den Mordfall lösen. Ich war nervös und beunruhigt. Wo war Kassandra? Noch nie hatte sie sich so lange nicht gemeldet, selbst wenn wir gerade Stress miteinander hatten. Es war ein seltsames Gefühl. Ich spürte, dass irgendetwas nicht war, wie es sein sollte. Um kurz nach zehn Uhr abends konnte ich nicht mehr länger warten. Ich musste etwas unternehmen. Die Frage war nur: Was? Ich entschied mich für die naheliegendste Lösung – umschalten von Verteidigung auf Angriff, den Gegner überraschen, über die Flügel kommen, das Spiel schnell machen, attackieren. Ich klemmte mich hinters Steuer meines Wagens und fuhr zur Präsidentenvilla. Die befand sich zehn Kilometer stadtauswärts.

Das Anwesen des Präsidenten war von einer massiven Steinmauer umgeben. Die Einfahrt oder vielmehr Auffahrt lag hinter einem überdimensionierten Eisentor. Überall blickte ich in Kameras. Ich hielt vor dem Tor, stieg aus und drückte einen Knopf.

»Hallo?«, meldete sich eine Stimme.

»Watzmann«, stellte ich mich vor. »Ich muss den Präsidenten sprechen.«

Das Tor schwang zur Seite, ich gab Gas und fuhr die letzten fünfzig Meter. Am Eingang erwartete mich die Uschi – gekleidet in einen halbdurchsichtigen chinesischen Seidenbademantel.

»Der Präsident ist nicht zu Hause, Sherlock.«

»Darf ich trotzdem reinkommen?«

Uschi bat mich in die gute Stube.

»Bitte«, hauchte sie in ihrer koketten Art.

Das Haus war perfekt eingerichtet. Jedes Detail stimmte. Jedes Zimmer hatte eine eigene Note und eine andere Farbe.

»Gehen wir ins blaue Zimmer«, sagte die Kurzzeitfreundin meines toten besten Freundes. »Nimm Platz.« Ich tat wie geheißen und setzte mich auf das Fauteuil. Uschi verschwand im Nebenraum und kam mit einer Flasche Chateau Latour wieder. Ich hätte an diesem Abend nicht so viel trinken sollen. Aber wie sollte ich einem solch edlen Tropfen widerstehen?

Voll demütiger Andacht zelebrierte ich die Weinmesse. Fünf Minuten galt meine Konzentration nur dem Traubensaft: seiner Farbe, seinem Bouquet und Geschmack. Ein so großer Weinkenner, dass ich verschiedene Vanillearten, Erde, Humus oder Schieferstein herausschmecken kann, bin ich nicht. Trotzdem sollte ich anmerken, dass mein Groll, den ich seit der fünften Klasse gegen die Uschi hegte, mit einem Mal verschwunden war. Sie erschien mir plötzlich in einem anderen, viel freundlicheren, helleren Licht. Ich konnte mich nur schwer vom Weinglas lösen. Nachdem ich es ausgetrunken und auf das Tischchen zurückgestellt hatte, wurde sofort nachgeschenkt.

»Was führt dich zu uns?«, wollte Uschi wissen.

»Wo ist dein Verlobter?«, wollte ich wissen.

»Wo wird er schon sein?«

»Geschäftsreise?«, gab ich einen Tipp ab.

Fragen über Fragen. Das Nichts aus Seide, das sie trug oder auch nicht, rutschte zur Seite und gab den Blick auf noch weniger Stoff frei. Unter dem Mäntelchen trug sie ein schwarzes Negligé. Mein Blick ruhte einen Augenblick auf ihren runden, festen Brüsten.

»Die waren nicht ganz billig«, sagte sie lakonisch.

Ich musste lachen. Uschi pflegte schon in der Grundstufe einen entwaffnend ehrlichen Ton. Unzählige Männer waren ihrem Charme bereits erlegen: Mitschüler, Lehrer, Präsidenten. Sie schlug die perfekten Beine übereinander. Die Stimmung bekam eine immer erotischere Note. Ich nahm noch einen Schluck Rotwein. Da ich nicht mehr genau wusste, weshalb ich gleich wieder gekommen war, waren mir diese Redepausen sehr willkommen.

»Darf ich rauchen?«, fragte ich nervös.

»Selbstverständlich darfst du rauchen.«

Ich suchte hektisch nach meiner Pfeife, bis mir einfiel, dass ich sie zu Hause auf dem Küchentisch liegen gelassen hatte. Uschi beobachtete mich mit einem amüsierten Lächeln, was mich nur noch hektischer machte. Nach einiger Zeit beendete sie das Trauerspiel. Sie stand auf, ging in eines der anderen Zimmer und kam mit einem Humidor aus Tropenholz zurück.

»Havanna?«

Ich war so frei.

»Feuer?«

»Gerne.«

Sie gab mir eine Schachtel Streichhölzer. Ich zündete die Zigarre an, nahm gleich einen tiefen Zug und musste husten. Den Zigarrenrauch und meine Verlegenheit spülte ich mit dem Chateau hinunter. Uschi schenkte nach. Ich fragte nach Kassandra.

»Die Radio-Frau?«

»Genau die.«

Uschi überlegte.

»Ich erinnere mich. Die war gestern hier. Musste angeblich, wie du jetzt, ganz dringend meinen Verlobten sprechen. Warum, hat sie nicht gesagt. Stefan ist schon die ganze Woche unterwegs. Ich konnte dieser Kassandra also nicht weiterhelfen. Nicht einmal einen Kaffee wollte sie trinken. Was wollt ihr denn alle vom Präsidenten?«

»Alle?«

»Du und diese Journalistin.«

»Informationen.«

»Worüber?«

»Dies und das. Wir ermitteln im Mordfall Pasolini.«

»Weiß ich.«

»Ion ist nicht der Mörder.«

»Kann ich mir auch nicht vorstellen«, betonte Uschi und brachte dann noch eine zweite Flasche. Ich war mittlerweile in einem Zustand, der nicht mehr viel Gegenwehr zuließ. Ein wohlig warmes Gefühl durchströmte meinen Körper. Eine tiefe Zufriedenheit schuf sich Platz.

Uschi fächerte sich mit der rechten Hand Luft zu.

»Warm heute Nacht. Findest du nicht?«

Ich bestätigte ihren Eindruck. Sie öffnete ihren Seidenmantel und ließ ihn von den zarten Schultern gleiten. Wenn die Gerüchte über die Schönheitsoperationen stimmten, dann hatten ihre Ärzte ganze Arbeit geleistet. Uschi sah überhaupt nicht aus wie eine Plastikpuppe, sprich: Busenmacherwitwe. Ich würde sie eher mit Demi Moore oder Sonja Kirchberger vergleichen. Eine gewisse Reife, Kühle, Eleganz umgab sie. Etwas Geheimnisvolles. Sie fixierte mich eindringlich mit ihren grün leuchtenden Augen. Diesem Blick konnte ich nicht lange standhalten und ließ deshalb den meinen das blaue Zimmer abtasten. Als ich dann doch wieder in ihre Richtung sah, fixierte sie mich noch immer.

»Warum waren wir nie zusammen?«, fragte sie schließlich.

»Du warst Rudis Freundin.«

»Vier Wochen, Watzmann. In der fünften Klasse.«

Ich schwieg und dachte nach. Sie hatte recht. Warum eigentlich nicht?

»Wo genau ist dein Verlobter?«, wollte ich sie trotzdem dezent auf ihre bevorstehende Hochzeit hinweisen.

Sie lachte. »Mit dem Stadtrat auf Informationsreise im Osten. Bulgarien, Rumänien, Moldawien. Keine Ahnung. Irgendwo da drüben.«

Uschi stand auf, ich nahm einen schnellen Schluck Vin rouge. Langsam, aber bestimmt kam sie auf mich zu, setzte sich auf meinen Schoß, schlang einen Arm um meine Schultern, kraulte meinen Hinterkopf und begann ohne Ansage meinen Hals zu küssen. Dann legte sie ihre vollen Lippen auf meine. Ich spürte ihre

Zunge. Und ich spürte, wie sich unterhalb meiner Gürtellinie etwas regte.

Meine Hand wanderte von ihrem Knie über ihre Schenkel.

Nach der heißen Küsserei löste sie sich von mir, stand auf, legte ihr Mäntelchen ab und schlenderte aus dem Zimmer. Ich saß noch ein bisschen dumm rum in dem Fauteuil, überlegte kurz meine Optionen, verwarf die meisten aber wieder und folgte ihr. Ich konnte nicht mehr klar denken. Mein Menschsein war reduziert auf die niedersten Triebe. Alkohol macht eben nicht nur süchtig.

Im türkisen Zimmer fand ich sie. Sie lag auf dem Bett, das Negligé betonte ihre Taille, die Brustwarzen zeichneten sich unter dem dünnen Stoff ab. Uschi atmete tief. Ich entledigte mich schnell meiner Kleidung, sprich: Hemd und Hose, Unterhose und Socken. Dann bedeckte ich die Venusfalle mit Küssen, zog ihr das Höschen aus, das Negligé, streichelte sanft über die mir einschlägig bekannten erogenen Zonen. Sie stöhnte leise. »Watzmann«, hauchte sie in mein Ohr. Ich gebe zu: Das gefiel mir.

In meinem Kopf explodierten tausend Sterne, auch ich atmete immer schwerer. Irgendwann lag ich auf ihr, drang in sie ein, sie keuchte, kratzte mir den Rücken blutig. Ihr Becken kreiste. Ich versuchte den Takt zu halten.

Wir trieben es die halbe Nacht. Sämtliche Hausnummern des Kamasutra, die ich bis dato nicht mal theoretisch gekannt hatte. Uschi war eine Meisterin ihres Fachs. Kein Wunder, dass sie den Männern reihenweise den Kopf verdrehte. Jetzt wusste ich auch, wieso der Präsident sie unbedingt heiraten und qua Segens von ganz oben theoretisch ewig an sich binden wollte. Quasi in guten wie in schlechten Tagen.

In den frühen Morgenstunden schlief ich ein. Erschöpft, betrunken und zufrieden. Hinter mir lag eine Nacht, die ich so schnell nicht vergessen würde. Nur leider war bei der Uschi die Verpackung schöner als der Inhalt.

In den wenigen verbleibenden Stunden bis zum Morgen träumte ich den üblichen Kassandra-Traum. Ansonsten dachte ich an nichts mehr. Nicht einmal daran, dass ich sehr gern sehr laut schnarche, wenn ich zu viel getrunken habe. Als Student hatte ich deshalb drei Nächte in einem Schlaflabor verbringen müssen. Von den Ärzten hatte ich kostenlos den Rat mit nach Hause bekommen, vor dem Schlafengehen weniger zu saufen.

19

Der Sex mit Uschi war extrem anstrengend und schmutzig gewesen – dirty vergleichsweise frigide. Also duschte ich mich gleich am Morgen nach dem Aufstehen. Duschen um des reinigenden Charakters willen, sprich: Katharsis. Es symbolisierte – ohne etwas hineinpsychologisieren zu wollen – das Abwaschen des Kleinstadtdrecks nach verrichtetem Nachtwerk.

Die Präsidentin war nicht mehr zu Hause. Ich hatte keine Ahnung, wann sie das Haus verlassen hatte, fand nur einen Zettel auf ihrem Kissen: »Bis die Tage, Sherlock...«

Ich zog mich an und steuerte meinen Körper Richtung Küche, wo ich hoffte, mich aus dem Kühlschrank selbst bedienen zu dürfen. Statt Selbstbedienung traf ich Tatjana. Wir erschraken beide.

»Watzmann«, kreischte die Präsidenten-Putzhilfe aus Rumänien, als wäre ich ein Mäuschen. Mich hätte nicht gewundert, wenn sie auf einem Stuhl Zuflucht gesucht und den Kater auf mich gehetzt hätte.

»Ja gut, äh«, machte ich den Beckenbauer, sprich: Stoiber. Ich wollte gerade die Rechtfertigungsarie anstimmen, von wegen Alkohol und so, als Tatjana den Kopf schüttelte. Sie wollte meine Entschuldigung nicht hören. Vermutlich kannte sie derlei Geschichten. Verärgert war sie trotzdem. Und die Strafe lautete Schweigen.

»Frühstück?«, stellte ich dennoch die momentan für mich allein selig machende Frage. Tatjana schob das Kinn nach vorne und wies damit den Weg zu einem Barhocker. Nur wenig später standen Kaffee, Orangensaft, Rühreier, Brot, Butter und Marmelade auf der Anrichte in Griffweite. Ich zeigte mich überrascht.

»Präsidentin hat gesagt, dass Besuch bekommt Frühstück«, erklärte sie verächtlich.

»Bekommt die Präsidentin oft Besuch?«, fragte ich, auf eine Antwort hoffend. Fast gleichzeitig schob ich mir eine mit Rührei beladene Gabel in den Mund. Das kleingemahlene Ei schickte ich mit Kaffee die Speiseröhre hinunter. Tatjana zuckte gelangweilt mit den Schultern.

Ich redete mir ein, die Antwort nicht zu verdienen. Dabei waren es ja nur die Triebe, die mich zum Primaten im Präsidentenbett gemacht hatten. Eigentlich wollte ich gar nicht mit mir hadern, auf Selbstjustiz verzichten. Schließlich bin ich auch nur männlich. Ein rausgedrückter Busen, geöffnete Lippen, freier Blick auf die epilierten Beine, diverse Komplimente, Schmeicheleien – welcher Kerl kann da widerstehen? Schwachheit, dein Name ist Mann.

»Mit Ion das gleiche Spiel«, begann Tatjana zu plaudern, als ich mich bereits verabschieden wollte.

»Wie?«, markierte ich den begriffsstutzigen Watzmann.

»Bumsen«, erklärte Tatjana.
Ich stutzte, um dann in schallendes Lachen auszubrechen.
»Freilich«, sagte ich, »und ich bin Papst.«
Tatjana wandte sich beleidigt ab. Ich bemerkte zuerst gar nicht, dass sie weinte. Fünf vollgeschnäuzte Taschentücher später erzählte sie mir dann folgende Geschichte: »Die Präsidentin hat meinen Bruder belästigt.«
»Sexuell?«
»Ja.«
Ein Reflex zwang mich zu grinsen.
»Kein Scheiß«, schob Tatjana nach.
»Aber«, setzte ich eine Spitzmarke und wählte an dieser Stelle eine rhetorische Pause. »Dein Bruder ist doch schwul«, fuhr ich dann intelligent fort. »Wie die Nacht dunkel«, versehentlich ergänzend.
»Eben drum«, sagte Tatjana.
»Die Uschi wusste also nicht, dass Ion keine Verwendung für Frauen hat«, schlussfolgerte ich.
»Er hat es ihr erzählt.«
»Rotwein?«
»Bourbon.«
»Und dann?«, fragte ich.
Ich konnte meine Neugier nicht länger zügeln. Nur gut, dass Neugier zu den Grundvoraussetzungen im Detektivgewerbe zählt.
»Dann«, sagte Tatjana und pausierte, quasi auch rhetorisch, »hat sie ihn erst recht haben wollen. Immer wieder.«
»Du meinst, sie wollte ihn bekehren?«
»Ion hat gedroht, es dem Präsidenten zu erzählen.

Die Präsidentin hat aber nur gelacht und versucht, ihn auszuziehen. Dreckige Hure, hat er sie genannt. Wenn sie ihn noch mal anfasst, tötet er sie. Hat er gesagt.«

»Und Uschi? Was hat Uschi geantwortet?«

»Sie hat gelacht. Sie hat Ion ausgelacht.«

»Wann war das?«

»Am Freitagabend nach dem Training.«

»Einen Tag vor dem Mord am Rudi?«

Sie nickte. Ihre Augen glänzten. Mir erschien diese Geschichte nicht wirklich überzeugend. Ich zweifelte an Tätjanas Glaubwürdigkeit. Natürlich würde sie nichts unversucht lassen, um ihren Bruder vor einer Gefängnisstrafe zu bewahren.

»Sie hat gedroht, ihn fertigzumachen«, jammerte das Mädchen weiter und fing wieder an zu heulen. Ich kann mit weinenden Menschen nicht gut umgehen. Sie verunsichern mich.

»Er ist das Wichtigste in meinem Leben.«

»Verständlich«, sagte ich und glaubte, dass sie ihren Bruder meinte.

»Hat Ion der Präsidentin gesagt«, stellte Tatjana aber klar.

»Wer nun?«, fragte ich.

»Das hat die Präsidentin auch gefragt«, sagte sie.

»Und?«

»Rudi Pasolini«, war die Antwort.

Daraufhin soll Uschi zuerst geschmunzelt, dann gelacht und anschließend eiskalt gedroht haben: »Das merk ich mir, Ronaldinho.«

Ich deutete Tatjanas Brandrede als Märchen. Weshalb hasste sie die Uschi? Es war doch nicht sie, sondern deren Verlobter, den Tatjana hassen sollte, weil er sie ins Bordell schickte. Aber vielleicht war auch das gelogen. Welches Spiel spielten der Karpaten-Ronaldinho und seine Schwester? Hatten sie mir einen Bären aufgebunden? Am Ende war Rudi gar nicht schwul gewesen. Und alles nur ein Hirngespinst der Geschwister, um ihre Weste reinzuwaschen. Ich musste mich zurückhalten, Tatjana nicht als Lügnerin zu beschimpfen. Mehr und mehr zweifelte ich aber an der Version ihres angeblich so verpfuschten Lebens. Warum hatte ich mich von den beiden bloß so einlullen lassen?

»Okay«, sagte ich nach einer Weile Bedenkzeit, stand auf und verließ die Präsidentenvilla, ohne zu grüßen. Im Rückspiegel sah ich Tatjana vor dem Eingang stehen. Wut überkam mich bei ihrem Anblick. »Rumänenpack«, war ich einen Moment versucht, Dampf abzulassen. Ich bin kein Heiliger, nur weil ich einen Mordfall untersuche. Auch ich habe meine Schwächen.

Tatsächlich war ich so angefressen, dass jetzt sogar die Netrebko-Koloraturen nervten. Fast wäre das Album aus dem Fenster geflogen. Aber so weit hatte ich mich dann doch noch unter Kontrolle. Trotzdem musste ich jetzt etwas Härteres spielen. Ich entschied mich für eine CD von Kassandra, von denen ein halbes Dutzend seit dem Chiemseeausflug noch im Diplomaten-Handschuhfach lagen: Spider Murphy Gang. Skandal im Sperrbezirk. Mir san a bayerische Band. Den Diplomat parkte ich in Wasserburg vor dem Kernhaus, in der Nähe von Kassandras Wohnung.

Ich leutete Sturm. Ein bisschen quälte mich das schlechte Gewissen. Wegen der vergangenen Nacht.

Und wegen Kassandra. Ich hätte mich längst wieder bei ihr melden müssen – persönlich.

Weil schließlich meine Angst das schlechte Gewissen besiegte, zog ich den Dietrich aus der Jackentasche und verschaffte mir Zugang zum Apartment. Darin sah es genauso aus wie zwei Tage zuvor, als ich Kassandra für die Fahrt in die Waldsiedlung abgeholt hatte. In der Kaffeemaschine war noch Kaffee. Der Teller, auf dem sie ihre Marschverpflegung zubereitet hatte, stand ebenfalls noch an seinem Platz auf dem Frühstückstisch. Die Zeitung vom Mittwoch lag im Wohnzimmer auf dem Parkettboden mit dem Sportteil oben. Das Bett im Schlafzimmer schien unberührt.

Ich kombinierte: Kassandra war seit unserem Ausflug nicht wieder in ihrer Wohnung gewesen. Es dauerte eine Weile, bis ich mich an Uschis Aussage zurückerinnerte. Sie hatte gesagt, dass Kassandra bei ihr gewesen sei, um den Präsidenten zu sprechen, was aber wegen dessen Informationsreise durch Siebenbürgen zur Zeit unmöglich war.

Wo war Kassandra nach dem Gespräch mit Uschi hingefahren? Doch hoffentlich nicht dem Präsidenten hinterher nach Rumänien. Ausschließen wollte ich das nicht. Kassandra kennt weder geschlossene Türen noch geschlossene Gesellschaften. Sie ist Kassandra. Der personifizierte Tatendrang. Zur Feindin möchte ich die Frau nicht haben.

Nachdem ich mehrere Schubladen geöffnet und darin gewühlt hatte, naturgemäß erfolglos, lief ich durch die Stadt zu meinem Büro. Julia ordnete gerade einen Berg Akten. Ich grüßte: »Quod non est in actis, non est in mundo.«

»Streber«, grüßte Julia zurück und schickte einen »Klugscheißer« hinterher.

Ohne mir Beachtung zu schenken, ordnete sie weiter, räumte irgendwelche Dinge auf, wischte sogar mit einem Staubtuch über den Rahmen meines Lieblingsbildes an der Wand hinter meinem Schreibtisch. Caspar David Friedrich. Deutsche Romantik. Der Watzmann. Naturgemäß.

Ich saß nur da, dumm rum quasi, beobachtete Julia beim Putzen und überlegte, wo ich nach Kassandra suchen sollte. Auf dem Handy erreichte ich sie noch immer nicht. Nur die digitalisierte Mailbox-Stimme.

»Was machst du da?«, fragte ich schließlich meine Halbtagssekretärin.

»Aufräumen.«

»Was nicht deine Aufgabe ist. Dafür haben wir doch diese Putzfrau. Wie heißt die gleich wieder?«

»Aishe.«

»Richtig.«

»Ich gehe, Watzmann«, lieferte Julia jetzt die Begründung für ihre Putzwut.

Ich verstand nicht.

»Du gehst?«

Julia hatte ein attraktives Jobangebot von einem ebenso attraktiven Londoner Manager eines international geführten Investmentfonds erhalten.

»Die achte Plage«, sinnierte ich.

Julia, die keiner Konfession angehörte, verstand nun ihrerseits mich nicht.

»Heuschrecken«, erklärte ich.

Sie schielte despektierlich und hielt anschließend ein fünfminütiges Grundsatzreferat über die kapitalistische

Theorie eines schottischen Moralphilosophen und Ökonomen aus dem achtzehnten Jahrhundert.

»Das müssen wir feiern«, forderte ich nach so viel Theorie traurig.

»Dass ich endlich aus Wasserburg verschwinde?«, spielte Julia die Verletzte.

»Dass du überhaupt hier warst«, sagte ich.

Als guter Arbeitgeber lud ich sie zu einem Abschiedsabendessen bei Bruno ein. Gleich am nächsten Tag. Der Freitagabend, passte bei uns beiden.

Ich hoffte, dass sich Kassandra bis dahin bei mir gemeldet hatte. Diesbezüglich war leider nur der Wunsch Vater des Gedankens.

20

Um mich abzulenken, steuerte ich meinen Wagen über die Bundesstraße hinter Wasserburg. Aus den Boxen tönte Kassandra-Musik. Im Moment gerade die Münchner Freiheit – aber nicht die zwischen Gisela- und Dietlindenstraße, sondern die gleichnamige Band. Die Kult-Band, um genau zu sein. Denn Ehrlichkeit währt bekanntlich immer noch am längsten. Ich grölte mit, und zwar aus voller Kehle: »Das große Ziel war viel zu weit. Für unsere Träume zu wenig Zeit. Versuchen wir es wieder. So lang man Träume noch leben kann.«

Den Obinger See ließ ich einfach so links liegen, obwohl ich sonst sehr gern zum Baden dorthin fahre. Ich probierte, meine Gedanken zu ordnen, und überschlug im Schnelldurchlauf, was ich bislang in Erfahrung gebracht hatte. Die Frage, die mich am meisten beschäftigte, lautete nun: War die Karikatur auf dem Aufzugspiegel vielleicht doch Rudis Hinweis auf den Mörder gewesen? Hatte er also tatsächlich Dan Brown gelesen?

Kurz vor Traunstein erregte eine große Tafel, die mit zwei schweren Pflöcken in den Boden gerammt war, meine Aufmerksamkeit: Hier baut der Freistaat Bayern. Ich stoppte, stieg aus und sah mich um, betrieb quasi Feldforschung. In einer Ecke glaubte ich, den Carol aus der Wohnwagensiedlung wiederzuerkennen. Ja klar. Das war er. Ich winkte, rief seinen Namen. Carol aber reagierte nicht, blickte nur kurz kopfschüttelnd in meine Richtung, um dann schnell mit seinem Schubkarren in einem der bereits errichteten Keller zu verschwinden. Meine detektivische Neugier war geweckt. Jetzt wollte ich es genauer wissen. Grau ist alle Theorie, grün des Lebens goldner Baum. Goethe.

Ich fragte ein gutes Dutzend Arbeiter, wo ich den Polier fände. Schulterzucken war deren einhellige Antwort. Aber nicht etwa, weil keiner die Antwort kannte, sondern weil mich niemand verstand.

Auf einem Gerüst lag ein herrenloser Bauhelm, den ich mir schnappte und geschäftsmäßig auf den Kopf jonglierte. Ich tat so, als würde ich irgendwie dazugehören. Als dann aber doch jemand von den Vorarbeitern gestenreich wissen wollte, wer ich eigentlich sei und was ich dort zu suchen hätte, antwortete ich mit einiger Arroganz in der Stimme: »Watzmann. Landratsamt. Ich prüfe die Schutzbestimmungen.« Alles klar, Herr Kommissar.

»Wann endlich Geld?«, fragte mich eine halbe Stunde später ein Blaumann. Es hatte sich wohl herumgesprochen, dass ich in offizieller Mission die Baustelle inspizierte. Und wenn sich fünfzig durch harte Arbeit gestählte Osteuropäer plötzlich vor einem aufbauen und lautstark ihren Lohn einfordern, der wohl seit Monaten nicht mehr ausbezahlt worden ist, dann kann ein flaues Gefühl in der Magengrube schon seine Berechtigung haben.

Es fiel mir nicht leicht, die Leute zu beruhigen. Ich gestikulierte, redete mit Händen und Füßen. Fünf Arbeiter fungierten als Dolmetscher für die Kollegen. Das nächste Mal würde ich mir eine andere Tarnung zulegen, beschloss ich spontan, falls ich überhaupt je wieder eine Baustelle betreten würde. Insgesamt hielt ich eine geschlagene Stunde eine improvisierte Betriebsversammlung auf der Baustelle ab.

Die Veranstaltung hatte etwas zutiefst Surreales. Zu meiner eigenen Überraschung gelang es mir nach langem gutem Zureden relativ souverän, die Arbeiterschaft zu beruhigen. Ich zitierte Marx und Engels – was ich noch ungefähr aus der Schule und vom Studium wusste –, sprach also von der Verstaatlichung der Produktionsmittel und vom Beginn der Weltrevolution. Sagte sogar, nicht alles sei schlecht gewesen in der DDR und Rumänien. Insgesamt redete ich also blanken Unsinn, Schmarrn auf gut Bayerisch.

Aber – und das sage ich nicht frei von Eitelkeit – ich tat es mit größtmöglicher Empathie. Ich riss die Leute mit, appellierte an ihren Stolz als Arbeiter. Und musste versprechen, mich um ihre Löhne zu kümmern. Ich behauptete, ich würde mit dem Unternehmer reden. Am Ende spendierten mir die Kollegen minutenlangen Beifall. Ein bisschen fühlte ich mich wie ein Popstar, Robbie Williams oder Frank Bsirske. Die Versuchung war groß, als Sahnehäubchen nach dem Vortrag die Internationale anzustimmen. Ich wollte schon fragen: »Sind Linkspolitiker anwesend?« Die Vernunft jedoch obsiegte.

Als ich wieder im Diplomatensitz meines Wagens Platz nahm, das Radio aufdrehte und gerade nach Hause fahren wollte, hielten fünf grüne Minivans vom ZOLL ziemlich genau neben meinem Opel. Etwa zwanzig in dunkle Overalls gekleidete Beamte verteilten sich innerhalb kürzester Zeit auf der Baustelle und riegelten sofort sämtliche Ausgänge ab. »Personenkontrolle«, rief einer. »Ausweise, Arbeitsgenehmigung, Papiere«, ein anderer. Ich verfolgte die Inszenierung mit Interesse.

Die Beamten kontrollierten jeden Bauarbeiter. Wer sich nicht ausweisen konnte, wurde mitgenommen. Nach der Razzia war ein Drittel der Belegschaft verschwunden. »Schlecht gefälschte Papiere«, hörte ich die Zoll-Leute untereinander reden.

Am Abend spielte ich zum Ausgleich Fußball. Auch wenn ich den Schweighofer Alois enttäuschen musste. Denn der Karpaten-Ronaldinho saß weiterhin in Stadelheim hinter schwedischen Gardinen. »Sorry«, entschuldigte ich mich beim Trainer, der dennoch weiterhin auf meine detektivischen Fähigkeiten setzte. »Hilft nix«, begann er. »Was zählt, ist auf dem Platz«, schloss er.

Ich gab während des Trainings alles, was noch in mir steckte. Kurzum: nicht viel. Trotzdem grätschte, spurtete, köpfte, schob, foulte und kämpfte ich wie ein Dieter Eilts oder Guido Buchwald. Doch kaum einer meiner Torschüsse landete im Kasten. Die meisten gingen Meter vorbei oder weit darüber.

Die Bewegung aber tat meinem Körper und vor allem meiner Seele gut. Ich konnte für zwei Stunden abschalten. Musste an nichts denken. Brauchte mir den Kopf nicht über Motive und Mörder zu zerbrechen. Ich musste nur laufen und schwitzen. Instinkt und Antizipation sind auf dem Platz wichtiger als Köpfchen. Du kannst als Mensch im normalen Leben der größte Volldepp sein – und gleichzeitig auf dem Fußballplatz der beste Stürmer. Ich biete jede Wette.

Nach der zweiten Dusche des Tages spazierte ich gemütlich und einigermaßen erledigt nach Hause. In meinen noch nassen, weil ungefönten Haaren spürte ich den warmen Sommerwind. Ich nahm mir vor, bis zum nächsten Morgen auszuspannen. Die gewisse Ruhe, wie ich sie aus der Zeit vor dem Mord kannte, sollte wenigstens für ein paar Stunden wieder einkehren.

Ich schloss meine Wohnung auf, nahm ein Bier aus dem Kühlschrank, kochte Penne mit Spinat und Gorgonzola, schaltete die Glotze an und entschied mich nach langem Durchschalten für Miss Marple im dritten Programm: »16 Uhr 50 ab Paddington«.

21

Zum Frühstück nahm ich Marmelade. Vor dem Richter werde ich sagen, dass ich mich nicht mehr daran erinnern kann, warum ich sie getötet habe – nur dass! Ich werde ein umfassendes Geständnis anbieten, kein Detail verschweigen. Ich weiß noch jede Einzelheit. Wie sich mein Schweiß mit ihrem Blut vermengte. Wie ich ihr das Messer in den Rücken bohrte. Ein feiger Mord war es gewiss. Das passt zu mir. Ich hätte ihr dabei nicht in die Augen sehen können.

Mich wundert nur, dass ich überhaupt den Mut aufbrachte zuzustoßen. Nicht ein böses Wort war mir bis dahin über die Lippen gekommen, nicht ein unbarmherziger Gedanke in den Sinn. Ich musste sie töten, um zu leben.

Kassandras Mutter rief mich gestern Abend an, um Glück zu wünschen. Wir redeten lange, obwohl ich kaum ein Wort sagte. Sie sprach von ihrer Tochter. Ich schäme mich nicht. Ich bedauere nichts.

Das Frühstück steht noch vor mir, um zehn Uhr ist Gerichtstermin: Die Plädoyers des Staatsanwaltes und meines Verteidigers werden gehalten. Ich werde bis zum Ende schweigen. Erst wenn mich der Richter um das Schlusswort bittet, gestehe ich.

Die scharfe Spitze glitt durch ihren Körper wie ein Lötkolben in warme Butter. Der Prozess beruht auf Indizien. Ich greife nach der Marmelade. Im Radio Musik von Sting. Mein Blick schweift über den Küchentisch, auf das halbvolle Konfitürenglas. Ich bin froh, dass es zu Ende geht.

Der Staatsanwalt redet sofort los. Ohne zu verschnaufen, legt er dem Gericht dar, warum ich Kassandras Mörder sei. Mein Anwalt erklärt das glatte Gegenteil. Ich höre nicht hin. Nervosität macht sich breit. Ich fühle den Blick ihrer Eltern auf mir lasten. »Sie haben das letzte Wort«, sagt nun der Richter. Ich stehe auf, hole Luft, sehe zu meinem Anwalt, sehe zu Kassandras Eltern, fixiere den Staatsanwalt. Ich will sprechen, kann aber nicht. Ich finde keine Worte. Ich weine, könnte mich schlagen für meine Feigheit und nehme wieder Platz. Niemand fragt. Die Gesichtszüge meines Verteidigers entspannen sich. Kassandras Eltern lächeln mir zu, ich lächle zurück. Dreißig Minuten Pause.

Dann verkünden die Richter das Urteil: Freispruch. Mein Anwalt springt auf, schüttelt mir die Hand, Kassandras Mutter fällt mir um den Hals. Sie habe es immer gewusst. Nun sei es endlich amtlich. Ich fahre nach Hause. Die Marmelade steht noch an derselben Stelle.

An diesem Punkt wachte ich, in meinem eigenen Schweiß gebadet, endlich auf. Ich hatte schon wieder geträumt. Ich war Kassandras Mörder – kein Zuschauer, sondern Akteur. Ich war verwirrt. Oh Gott, dachte ich, die Macht der Träume. Das umfassende Werk Sigmund Freuds kannte ich noch gut aus dem Studium, sprich: aus einer Pro-Seminar-Endlosarbeit.

Eigentlich wollte ich gar nicht genauer über meine Kassandra-Träume nachdenken. Wer wusste schon, was das alles zu bedeuten hatte. Ich hoffte nur, dass ich keine hellseherischen Fähigkeiten besaß. Kassandra lag mir wirklich sehr am Herzen. Außerdem war mir klar, dass ohne sie der Provinzdetektiv nur ein Provinzheini war. Ich war mehr auf sie angewiesen, als ich mir bis zu diesem Zeitpunkt eingestanden hatte. Ohne Kassandra war ich kein richtiger Detektiv. Kombiniere: Auch Holmes hat seinen Watson, Benno Berghammer seine Mama, Derrick seinen Harry.

Das, was Kassandra in dieser Aufstellung von den anderen unterschied, war zweifellos ihre makellose Schönheit. Ich konnte mir gut vorstellen, mich in sie zu verlieben. Obwohl ich ahnte, dass es noch einen anderen Mann in ihrem Leben gab, über den sie nicht reden wollte. Was soll's. Konkurrenz belebt das Geschäft, sagte ich mir. Und bis dahin tröste ich mich eben mit der Uschi. Schwamm drüber.

Apropos Uschi. Den ersten Kaffee, sprich: Espresso macchiato, des Tages nahm ich nicht zu Hause, sondern bei Bruno auf der Terrasse, da ich gerade ein bisschen Ansprache brauchte und bei der Gelegenheit gleich einen Tisch per due für den Abend reservieren wollte, sprich: Abschiedsessen mit Julia.

Bruno erzählte mir gerade einen Schwank aus seinem Leben, der naturgemäß frei erfunden war, als aus heiterem Himmel der Präsident mit seiner Reisegruppe im Ristorante auftauchte. Schwarz forderte lautstark für sich und seine ausschließlich männlichen Begleiter: »Was G'scheits zum Essen nach dem ganzen Fraß in den Karpaten, aber mucho pronto.« Dabei klatschte er in die Hände.

Unsere Augen trafen sich, verengten sich zu Schlitzen. Wir maßen unsere Standfestigkeit. Keiner wollte sich geschlagen geben. Ich aber stierte länger. Bis der Präsident seinen Blick zu einem seiner Gefährten abwand und eine halbe Minute später an meinem Terrassentischchen Platz nahm.

»Kann ich mich setzen, Watzmann?«

»Tu dir keinen Zwang an.«

Bruno brachte dem Präsidenten ein Weizen.

»Weißwürste dauern noch«, sagte er entschuldigend und verbeugte sich.

Ich musste lachen. Seit wann servierte der Bruno Weißwürste? Die Antwort kannte ich bereits: Seit der Präsident welche bestellt hatte.

»Wie war's in Rumänien?«

»Woher weißt du von unserem kleinen Ausflug?«

»Man hat seine Quellen«, sagte ich, schwieg und dachte an das kleine Stelldichein mit Uschi. Vermutlich würde mich der Präsident auf der Stelle töten oder wenigstens töten lassen, wenn ich Andeutungen in diese Richtung machte. Ich verzichtete. Ein Gentleman genießt und schweigt. »Außerdem«, fügte ich an, »bin ich Detektiv, falls du es vergessen haben solltest.«

»Nur dumm, dass man davon nichts merkt«, entgegnete der Präsident trocken.

Ich verzichtete auf eine Antwort.

»Jedenfalls sitzt der Karpaten-Ronaldinho immer noch hinter Gittern.«

»Kann sein.«

»Ist so.«

Ich riskierte einen Blick auf den Inn, den grünen, nahm einen Schluck Espresso mit Milchfleck und verschränkte die Arme vor der Brust. Dabei lehnte ich mich, so entspannt es mir gerade möglich war, zurück. Die Beine streckte ich aus und schlug sie an den Knöcheln übereinander.

»Worum geht's?«, fragte ich direkt. Ich hatte keine Lust auf Wortgeplänkel.

»Um fünfzigtausend Euro«, sagte der Präsident.

»Wie bitte?«

»Brauchst du's schriftlich?«

Der Präsident zückte sein Scheckheft, trug fünfzigtausend in Wort und Zahl auf einem Wechselbank-Scheck ein, unterschrieb, teilte das Papier in zwei Hälften und reichte mir die eine.

»Die andere Hälfte«, sagte Schwarz, »bekommst du, wenn Ion morgen auf dem Platz steht. Um halb vier ist Anpfiff.«

»Warum?«, fragte ich begriffsstutzig.

»Warum?«

Ich nickte.

Der Präsident erzählte, dass er den Sozialismus, Kommunismus, wie auch immer, aus tiefster Seele hasse und er auch deshalb nie SPD und schon gar nicht PDS gewählt habe. Doch habe ihm bei den Ostblockpfeifen eines schon immer gut gefallen: Fünfjahrespläne. »In der Planwirtschaft gab's doch so was?« Schwarz verzichtete auf meine Antwort und sprach weiter. »Mein Fünfjahresplan lautet: Aufstieg in die Fußballbundesliga.« Falls die Klasse gehalten werde, sagte der Präsident, »kommen in der Sommerpause ein neuer Trainer, ein neuer Manager und ein paar neue Spieler aus dem Ausland. Wir bauen um den Karpaten-Mann eine bundesligataugliche Truppe.«

Zudem, fügte Präsident Schwarz an, rentiere sich die neue Arena nur, wenn der Trend nach oben zeige. Bei einem Abstieg brauche er das Stadion gar nicht erst zu bauen. »Bei einem Durchmarsch ab der nächsten Saison bis in die Zweite und dann Erste Bundesliga, amortisiert sich die Investition jedoch innerhalb von weniger als fünfzehn Jahren.« Seine Zahlenheinis hätten das ausgerechnet.

»Sonst noch was?«, fragte ich den Präsidenten, nachdem ich lange den halben Scheck bewundert und dann rasch eingesteckt hatte.

»Nicht dass ich wüsste«, sagte Stofferl und wollte gerade zu seinen Leuten zurückgehen, als mir noch etwas einfiel.

Ich nahm allen Mut zusammen. Ich schwitzte aus fast allen Poren. War es Angstschweiß? »Weißt du, was ich glaube?«

»Was du glaubst, Watzmann, ist mir scheißegal«, antwortete der Stefan, der Schwarz, der Präsident und Hauptsponsor des TSV 1880 in der ihm eigenen arroganten Art. Stefan A. Schwarz. Das A steht für Arroganz, wurde schon vor meiner Zeit behauptet. Schwamm drüber.

»Sollte es aber nicht«, erwiderte ich nach außen hin angstfrei. Ich werde mir doch vor so einem nicht ins maßgeschneiderte Hemd machen, feuerte ich mich an. Und auf Provokationen habe ich schon immer sehr gelassen reagiert. Jedenfalls seit meiner Zeit in London.

Den Briten scheint alles egal zu sein. Selbst im Atlantiksturm auf einem untergehenden Dampfer würden die Untertanen Ihrer Majestät der Königin die Situation noch herunterspielen: »It's rather windy, isn't it?«, wäre das Maximale an Aufgeregtheit, was sie an den Tag legen würden. In dieser Hinsicht versuche ich gern, mir die Engländer zum Vorbild zu nehmen. Nicht aber auf dem Fußballplatz, denn da gewinnt ja immer Deutschland – meistens im Elfmeterschießen.

»Wenn du mich fragst, Stofferl«, sagte ich nun sehr kokett dahin, »würde es mich ehrlich gesagt nicht wundern, wenn du hinter dem Mord am Rudi stecken würdest.« Was machte mich plötzlich so sicher? Sicher ist sicher übertrieben. Ich hatte einfach nur versucht zu kombinieren. Der Rudi hatte ganz offensichtlich herausgefunden, dass die Schwarz Bau mit illegalen, teilweise sogar verbrecherischen Geschäftsmethoden ihre Kassen füllte. Dieses Wissen hatte er nicht zurückhalten wollen. Dafür war mein bester Kumpel viel zu gesetzestreu und ehrlich gewesen. Rudi hätte entweder gleich die Öffentlichkeit, sprich: Presse, einschalten können, oder, wovon er sich mehr erhofft hatte, einen Profi mit weiteren Nachforschungen beauftragen, um die Sache wasserdicht zu machen. Diesen Profi hatte er wohl in mir gesehen. Seine eigenen Beweise waren ihm zu dürftig gewesen, zu wenig handfest.

Der Präsident entgegnete gelassen, dass er sich schon gedacht habe, dass ich das glaube, es aber nicht zutreffe und ich deshalb bitteschön bittegleich den wahren Mörder finden sollte. Pronto, pronto.

»Wie gesagt«, verabschiedete er sich, »du hast Zeit bis morgen fünfzehn Uhr dreißig.«

»Ab Paddington?«

»Reg mich nicht auf, Watzmann.«

»Ich tu nur meine Arbeit.«

»Dann dürfte es dich vielleicht interessieren, dass ich ein Alibi habe. Sowohl für den Mord an Rudi als auch für den an diesem Baumbauer.«

»Mit dem du immerhin in geschäftlichem Kontakt standest.«

»Wer behauptet solchen Blödsinn?«

»Wie gesagt«, sagte ich, »ich habe meine Quellen.«

Der Präsident setzte sich wieder an den Reisedelegationstisch. Zuvor aber hatte er mich ausgelacht. Zu Recht, wie ich selber konstatieren musste. Im Grunde war ich in beiden Mordfällen noch keinen entscheidenden Schritt vorangekommen. Warum sollte ein fußballverrückter, erfolgsbesessener Präsident seine besten Spieler eliminieren? Oder: Was konnte den Karpaten-Ronaldinho dazu gebracht haben, seine große Liebe zu töten? Logisch war das alles nicht. Aber: Was ist schon logisch?

22

Statt den Mörder zu suchen, suchte ich nach meiner Begegnung mit dem Präsidenten zunächst nach Kassandra. Fünfzigtausend Euro hin oder her: Der Killer musste warten. Den ereilte schon früh genug die gerechte Strafe, redete ich mir ein. Kassandra hatte Vorrang. Auch der Karpaten-Ronaldinho in seiner Zelle musste sich noch etwas gedulden. Das entscheidende Spiel war ja erst am nächsten Tag. Ein gesunder Optimismus hat noch keinem Detektiv geschadet.

Zu meinem eigenen Bedauern waren meine Erfahrungswerte hinsichtlich der Suche nach vermissten Personen eher rudimentär. Wie würde Hauptkommissar Tabor Süden an meiner Stelle vorgehen?, überlegte ich. Die Krimis von Friedrich Ani kenne ich fast auswendig. Süden arbeitet auf der Vermisstenstelle des Dezernats elf in der Nachbarschaft des Münchner Hauptbahnhofs. Aber suchte der nicht verzweifelt ausgerechnet nach seinem Vater? Und ich bin Detektiv in Wasserburg und kann meine beste Freundin nicht finden.

Den Rest des Arbeitstages hing ich am Telefon und

sprach mit Bekannten, Verwandten und engen Freunden von Kassandra. Ich besuchte sogar ihre Kollegen im Sender. Weiterhelfen konnte mir niemand. Ich kam keinen Schritt voran. Dass der Gabriel auch keine große Hilfe war, damit hatte ich gerechnet. Trotzdem gab ich eine Vermisstenanzeige auf, so groß war mittlerweile die Verzweiflung.

Egal, welchen Einfall ich hatte, ich fand mich stets in einer Sackgasse wieder. Vielleicht hätte ich doch Jurist, Arzt oder Taxifahrer werden sollen. Aber nein, Detektiv hatte es ja unbedingt sein müssen! Verdammtes Fernsehen, verdammte Krimis, verdammter Dürrenmatt, verdammter Mankell, verdammte Agatha Christie!

Ich dachte an Uschi. War sie es nicht, die Kassandra zuletzt gesehen hatte? Ich suchte in meinen Gedanken nach einem möglichen Zusammenhang. Was hatte Kassandra in der Präsidentenvilla erfahren? Warum war sie danach spurlos verschwunden? War sie gekidnappt worden? Von wem? Der Präsident hatte ein Alibi – bezeugt vom gesamten Stadtrat. Hatte er die Drecksarbeit von jemand anderem machen lassen?

Die Stunden vergingen. Das große Ziel war viel zu weit. Ich begann langsam zu verzweifeln. Agieren war sinnlos. Mir blieb jetzt nur, auf den hoffentlich noch kommenden entscheidenden Impuls richtig zu reagieren.

Zum Abreagieren spielte ich eine Stunde Playstation-Fußball, versagte aber bereits in der Vorrunde gegen vermeintlich leichte Gegner. Duschen musste ich danach trotzdem. Das tat ich ausführlich zu den Liedern der Netrebko mit Lang-Lang-Begleitung am

Piano, sprich: Flügel. Aber weder die Netrebko noch das heiße Wasser inspirierten mich zu einer Neuauflage meiner einstigen Sternstunden der Kriminalistik. Ich wusste nicht, was als Nächstes tun. Dabei war es schon nach sieben und ich längst mit Julia zum Abendessen verabredet.

Ich schlüpfte in ein frischgebügeltes Hemd, dann in die Cordhose, die ich am liebsten trug, stieg in die handgenähten Budapester und verließ meine Wohnung an der Stadtmauer, nachdem ich zuvor noch schnell meine Haare nach der Mode gegelt hatte. Hätte ich geahnt, welche Überraschungen dieser Abend für mich bereithielt, wäre ich wahrscheinlich zu Hause geblieben und hätte mir die Bettdecke über den Kopf gezogen. So aber ging ich zum Treffen mit meiner Halbtagssekretärin. Kassandra und den Karpaten-Ronaldinho, der in Stadelheim schmorte, versuchte ich, vorübergehend aus meinen Gedanken auszublenden, was mir nicht wirklich gelingen sollte.

Julia und ich redeten über Gott und die Welt: ihren neuen Job im Heuschreckengewerbe, Rudi Pasolini, den Mörder, meine Affäre mit der Präsidentengattin und Kassandras plötzliches Verschwinden. Irgendwo in der Weite des Ristorante hörte ich die Präsidentin lachen.

»Ja«, bestätigte mir Bruno. »Damenstammtisch mit den Fußballerfrauen vom TSV vor dem großen Spiel morgen. Kein Sex vor dem Spiel, capisce.«

Ich nickte. Meine Mannschaft war für eine Nacht ins Hotel gezogen. Bestmögliche Vorbereitung mit Masseuren, Ärzten, Psychologen. Ich war davon freigestellt worden, weil ich den Mörder finden sollte.

Soviel ich mitbekommen hatte, war sogar ein Hockeytrainer zu Motivationszwecken mit dem Hubschrauber eingeflogen worden. Aber das war vermutlich nur ein dummes Gerücht.

»Du entschuldigst mich«, entschuldigte ich mich bei Julia und ging zum Damenstammtisch, um einen Guten Abend allerseits zu wünschen. Höflich erkundigte ich mich bei den Spielerfrauen nach deren Wohlbefinden, antwortete aber nur mit einem Schulterzucken auf die Frage, ob ich am nächsten Tag stürmen würde. Ich empfahl mich. Auf dem Weg zu den Toiletten hielt ich plötzlich Uschis Hand in meiner.

»Hallo, Watzmann«, hauchte sie süßlich und zerrte mich aufs Damenklo, das sie von innen verriegelte. Was folgte, würde Demi Moore in »Enthüllung« alle Ehre machen. Nur dass ich nicht über die Tapferkeit von Michael Douglas verfügte, um ihr konsequent Einhalt zu gebieten.

»Deine Haare«, begrüßte mich wenig später Julia an unserem Platz am Fenster.

Ich verstand nicht.

»Was soll mit denen sein?«, tat ich scheinheilig.

Julia grinste so verdammt wissend. Schlauheit, dein Name: Weib. Torheit, dein Name: Mann.

»Nachspeise?«, fragte ich, um abzulenken.

»Gerne.«

Ich winkte Bruno an unseren Tisch. »Tiramisu und Cappuccino«, gab ich in Bestellung.

»Due cappuccini?«, fragte der Pole provizierend.

»Pronto«, winkte ich ihn wieder weg.

Als ich kurz vor Mitternacht Vor-, Haupt- und Nachspeise, zwei Flaschen Brunello, eine Flasche

Acqua minerale naturale, zwei Cappuccinos und vier Grappas zahlen wollte, bestand Julia zur Abrundung des Abends auf ein echt bayerisches Bier zum Abschied, Stichwort: Reinheitsgebot von 1516. Weil die Wirte in London ja angeblich nur so eine dünne Plörre ausschenken, die sie auf den Inseln Lager nennen. Ich persönlich habe beispielsweise überhaupt nichts gegen ein gepflegtes englisches Bier in heimeliger Pub-Atmosphäre.

»Zwei Bier«, bestellte ich bei Bruno.

»Due birre?«

»Schleich dich.«

Keine Minute später standen zwei Halbe Helle vor uns. Daneben lag die Rechnung, mit der Bruno mein Hauskonto belastete und die er am Monatsende automatisch bei der Raiffeisenbank einzog. »Prosit«, sagte Julia.

»Möge es nutzen«, übersetzte ich mit Tabor Süden.

Wir nahmen einen langen ersten Schluck.

»Schön kühl«, lobte Julia.

»Tut gut.«

»Apropos Bier«, merkte die ehemalige Frau Präsidentin an. Wahrscheinlich sei es nicht wichtig. Aber: »Ich habe Kassandra vorgestern noch gesehen.« Julia machte eine Pause. Dann reckte sie ihr Kinn in Richtung neue Frau Präsidentin. »Mit ihr zusammen.«

»Wie bitte?«, fragte ich laut, schnell und aggressiv nach, quasi Michel Friedman.

Julia verstand nicht. »Was?«

»Wen hast du mit wem gesehen?«

»Na, Kassandra mit der Präsidentin.«

»Wo?«

»Im Parkhaus.«

Ich glaube, so krass sind noch nie jemandem die Schuppen von den Augen gefallen. Am liebsten hätte ich mir das Hemd vor Detektivglückseligkeit vom Leib gerissen. Stattdessen drückte ich Julia einen dicken Schmatz auf die Lippen. »Danke«, bedankte ich mich und sprang auf. Julia konnte mich gerade noch am Gürtel packen. Ich war eigentlich schon auf dem Weg nach draußen.

»Wofür?«

»Ich habe den Fall gelöst«, antwortete ich. »Glaube ich«, schob ich nach.

Julia verstand nicht.

»Sie ist im Sommerbierkeller«, erklärte ich ihr kurz und bündig.

»Wer?«

»Na, die Sandra.«

Julia schloss ungläubig die Augen.

»Du meinst?«

»Eingesperrt«, sagte ich.

»Die Uschi Brandner ist doch Schirmherrin vom Museum. War neulich erst wieder ein Artikel in der Zeitung wegen dieses Jubiläums. Ich habe gedacht, Kassandra macht da was fürs Radio.«

»Sie hat aber die ganze Woche Urlaub«, erklärte ich und grüßte.

»Soll ich mitkommen?«, schrie Julia mir nach.

»Du hältst hier die Stellung«, befahl ich im Stile von Admiral Nelson bei der Seeschlacht von Trafalgar.

Im Vorbeilaufen bat ich Bruno um seine Taschenlampe, drängte mich gleichzeitig elegant an den Fußballerfrauen vorbei und blickte der Uschi dabei kommentarlos in die Augen.

Im Schweinsgalopp lief ich von Brunos Terrasse am Inndamm entlang zum Brucktor und von dort auf direktem Weg über die Brücke, wo ich allerdings auf halber Strecke kurz verschnaufen musste. Am Südufer des Flusses, der um Wasserburg eine Schleife zieht, pausierte ich aufs Neue. Dabei hatte ich geglaubt, ich wäre einigermaßen in Form, nachdem ich wieder ins Fußballgeschäft eingestiegen war. Pustekuchen.

Über zweihundert Jahre ist die Kellerkolonie, die weit in den Berg hineingegraben ist, schon alt. Der vordere Teil musste dem neuen Parkhaus weichen, die hinteren Abteilungen aber bestehen noch bis heute und verwirren nicht nur die Touristen durch ihre labyrinthartigen Verbindungen und ihre Größe. Als offiziell angemeldeter Besucher und Hobbyabenteurer mag das seinen Reiz haben. Als Detektiv in heikler Mission stellte es mich vor eine schwer lösbare Aufgabe. Andererseits konnte ich nun endlich zeigen, was ich wirklich drauf hatte. Dass ich nicht der schlechteste Kriminalist zwischen Innsbruck und Passau war. Ich hoffte trotzdem inständig, mich getäuscht zu haben und Kassandra nicht in den Kellern zu finden. Sie wäre – so musste man befürchten – sicherlich schon halb bis ganz erfroren.

Ich brauchte eine halbe Ewigkeit, um den Eingang links neben dem Parkhaus zu finden. Ein Schild mit der unzweideutigen Aufschrift »Bierkatakomben« wies mir schließlich den rechten Weg. Mit meinem Dietrich knackte ich das Schloss der beiden Gittertüren, schlängelte mich vorbei an schrägen Stahlverankerungen, die als Hangsicherung für das Parkhaus dienen, und fand mich im Vorkeller, sprich: Empfangsraum, des Museums wieder. Im schummrigen Licht meiner Taschenlampe sah ich einige Holzfässer an der Seite stehen. Es war wirklich ziemlich kühl hier drinnen, um nicht zu sagen eisig, dem Zweck früherer Tage angemessen. Heute gibt es ja leider keine Brauereien und kein einheimisches Bier mehr in Wasserburg.

Die Suche nach Kassandra begann. Ich hoffte, später wieder den Weg zurück zu finden. Kreide, um den Weg zu markieren, oder einen Ariadnefaden wie der gute Theseus in den Minotaurus-Höhlen hatte ich leider nicht einstecken. Ich öffnete eine Holztür und entschied mich zwischen zwei Gängen für den, der nach Westen führte. Ich gelangte in eine Art Atrium und hielt mich bei einer Kreuzung mit einem weiteren Verbindungsgang rechts. Tatsächlich hatte ich keine Ahnung, wohin der Weg mich führte. Ich hörte auf meine innere Stimme, folgte meinem Gefühl, vertraute der Macht, die hoffentlich mit mir war. Wo bist du Obi-Wan Kenobi? Schwamm drüber.

Hätte ich nicht so gefroren und hätte ich nicht nach Kassandra suchen müssen, es wäre ein schöner Spaziergang in den Berg gewesen. Ich sah viele interessante Dinge wie Eiszangen, Schlegel, Haken, eine Sammlung alter Einliter-Bügelverschluss-Bierflaschen in Holz- und Blechträgern, Zapfhähne und sogar einen Schanktisch. »Ein Helles, bitte«, hätte ich jetzt gern bestellt. Aber zum Vergnügen war ich leider nicht dort.

Nach dreißig Minuten fand ich sie im hintersten Keller. Endlich! Kassandra kauerte auf dem Boden, die Beine an die Brust gezogen, und hielt mit beiden Händen ihre Knie umfasst. Sie zitterte. Ich nahm sie in die Arme und versuchte, sie mit meinem Körper zu wärmen.

»Geht's einigermaßen?«, fragte ich nach einer Weile. Kassandras Lippen waren blau, ihr Gesicht leichenblass.

»Muss ja«, antwortete sie. Und: »Danke, Watzmann.«

»Passt schon«, sagte ich verlegen.

Als Erstes befreite ich Kassandra von ihren Fesseln, dann nahm ich sie auf die Arme und trug sie zurück zum Ausgang. Ich weiß nicht, wie, aber nach einer Weile befanden wir uns im Empfangsraum am Eingang. Dort setzte ich Kassandra ab und sagte, nachdem sie sich nochmals bedankt hatte, schwülstig, sie sei leicht wie eine Feder. Frauen hören so was gerne.

»Und jetzt?«, fragte sie.

»Nichts wie raus hier«, sagte ich. Kassandra sagte keinen Ton mehr. Stattdessen zeigte sie stumm auf die Ausgangstür. Im dämmrigen Licht des Bierkellers lehnte Uschi an der Tür und richtete einen Revolver auf uns. Vor lauter Schreck fing ich an zu lachen.

»Scheiße«, fiel mir keine weniger vulgäre Beschreibung der Gesamtsituation ein, mit der ich unzufrieden war.

23

Saudepp. Rindvieh. Vollidiot. Ich beschimpfte mich mit allen Namen, die mir geradewegs in den Sinn kamen. Lautlos. Den Triumph wollte ich der Uschi nicht noch zusätzlich gönnen.

»Und jetzt?«, fragte ich.

»Jetzt«, sagte die Uschi, »bringe ich euch um. Erst dich und dann die Schlampe. Oder erst die Schlampe. Und dann dich.«

»Klare Ansage«, lobte ich.

Uschi nickte. »Schad' um dich, Watzmann«, meinte sie.

Ich nickte.

»Echt schad'.«

Kassandra verstand nicht. Und ich wollte, was Uschi und mich betraf, jetzt nicht unbedingt ins Detail gehen.

»Eine Antwort bist du mir aber schuldig«, versuchte ich Zeit zu schinden. Ich wollte noch nicht sterben. Jede Minute erschien mir plötzlich kostbar. Obwohl es keinen Unterschied machte, ob sie mich gleich oder erst in fünf Minuten umbringen würde. Was hätte es

Julius Cäsar oder Napoleon genutzt, wenn sie zehn Jahre länger gelebt hätten? Aus heutiger Sicht.
»Einverstanden, Sherlock. Was willst du wissen?«
Das ewige Sherlock nervte. In dem Moment mindestens genauso wie der Revolver vor meiner Nase. Ich überlegte und entschied mich für das große Ganze.
»Warum?«
Uschi lachte, Kassandra antwortete.
»Sie hat Rudi getötet.«
Ich blieb bei meiner Frage.
»Dieser verdammte Hurensohn«, keifte Uschi.
»Das nimmst du zurück. Ich kenne Frau Pasolini persönlich.«
»Und ich rede ja auch vom Karpaten-Ronaldinho, Watzmann! Zwei Jahre hat er mich gevögelt und irgendwann dem Präsidenten vorgestellt. Zusammen wollten wir den Trottel ausnehmen. Hat alles wunderbar gepasst. Nach der Hochzeit der schleichende Tod. Ganz langsam. Arsen. Oder hast du Agatha Christie nicht gelesen, Sherlock?«
»Tatjana sagte, du hättest ihn zum Sex gezwungen.«
»Die spinnt doch. Wir haben uns geliebt, Ion und ich waren ein echtes Paar. Er wollte es geheim halten, angeblich wegen des Altersunterschieds. Aber von einem Tag auf den anderen war ich dem Hosenscheißer plötzlich nicht mehr gut genug und er angeblich schwul geworden. Ganz große Liebe mit Rudi Pasolini.« Die Präsidentin schwieg und brach dann in höhnisches Lachen aus. »Er wollte unseren Plan dem Präsidenten verraten, wenn ich ihn nicht gehen ließe. Auf einmal war ich für ihn eine Erbschleicherin. Ich solle

seinem Glück nicht länger im Weg stehen und ihn in Ruhe lassen. Ganz verliebt tat er, die Schwuchtel.«

Zornestränen traten Uschi in die Augen. Ihre rechte Hand, mit der sie die Waffe hielt, begann zu zittern.

»Und warum hast du dann nicht den Ronaldinho, sondern den Rudi getötet?«, versuchte ich es mit Logik.

»Überleg mal, Sherlock.«

Ich zuckte mit den Schultern.

»Was hätte ich davon gehabt, den Blutsauger zu massakrieren? Nein. Der sollte leiden. Und ich wollte ihm dabei zusehen.«

Ich begriff und Uschi erklärte, als wäre sie die Detektivin: »Mordmotiv Eitelkeit. Dazu kam gekränkter Stolz. Verständlich bei so einer Demütigung. Eine Affäre mit einer anderen Frau hätte ich vielleicht noch akzeptiert. Aber Rudi und Ronaldinho haben ja gleich auf große Liebe gemacht. Die Nächte mit mir – das waren alles Luftnummern.«

»Das ist ja krank«, mischte sich Kassandra ein.

»Und Baumbauer?«, wollte ich jetzt den Rest des Rätsels auch noch lösen.

»Zwei Fliegen mit einer Klappe, Sherlock.«

Ich runzelte die Stirn. Hoffentlich bekomme ich deshalb keine verfrühten Falten. Ich hätte, glaube ich, Angst vor Botox. Wenn ich so lange überhaupt noch leben sollte.

»Baumbauer drohte, meinen Mann zu ruinieren«, fuhr Uschi fort. »Er verlangte zwei Millionen Euro dafür, seine Klappe zu halten. Andernfalls wollte er das LKA über gewisse Machenschaften informieren. Vornehmlich ging es da um illegale Schleusungen, die

Baumbauer in Stofferls Auftrag organisiert hatte. Baumbauer drückten Schulden. Bei den Russen. Und das sind keine sehr angenehmen Geschäftspartner.«

»Ich dachte, du hast es bloß aufs Geld abgesehen?«, fragte ich naiv.

»Eben«, antwortete die Uschi. »Sollte er alles diesem miesen Wichtigtuer in den Rachen werfen? Wie ich den Stofferl kenne, hätte er gezahlt. Immer und immer wieder. Der tut nur immer so großspurig. In Wahrheit ist er ein feiger Wicht.«

»Den Mord hast du dann Ion in die Schuhe geschoben«, stellte ich fest.

»Schlaues Bürschchen«, sagte Uschi kühl.

»Zwei Fliegen mit einer Klappe«, wiederholte ich ihre Worte.

»Die Beweise dürften reichen, um ihn lebenslänglich im Gefängnis zu behalten. Da hat er dann Zeit genug, seine Männerfreundschaften zu pflegen.«

»Und du?«, wollte ich wissen.

»Ich heirate den Präsidenten.«

»Um ihn langsam zu töten.«

»Weil ich gerade so gut in Form bin.«

Wir schwiegen. Ich nutzte den Moment der Stille, um mein Leben zu überdenken. Dabei kommt unweigerlich das Larmoyante. Das kannst du nicht verhindern. Habe ich gelebt und das Maximale rausgeholt? Bin ich ein guter Mensch gewesen? Wer wird weinen, wenn ich im Grab liege?

Ein letztes Mal wollte ich an meinen Opel denken: V8-Motor, von null auf hundert in weniger als zehn Sekunden, 206 Stundenkilometer Spitze, Lenkung und Scheibenbremsen mit hydraulischer Unterstützung, serienmäßig Nebelscheinwerfer, Polster, Echtholzeinlagen, elektrische Fensterheber, von innen verstellbare Außenspiegel und Fußleuchten im Fond. Damit kann man in der Öffentlichkeit einen guten Detektiv abgeben. Und etwas anderes wollte ich nie abgeben. Ausgerechnet jetzt präsentierte mir das Leben dafür die Rechnung. Mit meinen blauen Augen blickte ich in die Mündung einer Magnum.

»Ich habe ihr auf den Kopf zugesagt, dass sie Rudi umgebracht hat und dass wir Beweise dafür hätten«, durchbrach Kassandra die schaurigschöne Stille.

»Haben wir?«, fragte ich.

»Natürlich nicht. Ich wollte einen Testballon starten.«

»Hättest du mal lieber nicht, Schätzchen«, sagte Uschi.

»Sie«, fuhr Kassandra fort und zeigte auf die Präsidentin, »hat gesagt, dass ich mich irre und dass sie ihre Unschuld beweisen kann. Deshalb sind wir hierhergefahren. Angeblich hat sie etwas in einem der Bierfässer versteckt, was belegt, wer den Rudi wirklich umgebracht hat. Das wollte sie mir zeigen. Stattdessen hat sie mich niedergeschlagen und gefesselt.«

»Shit happens«, sagte Uschi.

»Warum hast du mich nicht gleich getötet?«, stellte Kassandra eine, wie ich finde, berechtigte Frage.

»Ich wollte abwarten«, antwortete die Uschi. »Falls ich noch ein Faustpfand brauchte. Es konnte ja sein, dass unser Sherlock hier den Fall tatsächlich lösen würde. Aber du hast recht. Ich hätte dich gleich töten sollen. Dann könnte ich mich jetzt mit ihm noch ein bisschen amüsieren. Wirklich schade um dich, Sherlock.«

Kassandra schickte mir einen giftigen Blick.

»Also dann: Arrivederci«, grüßte die Uschi.

»In der Hölle«, gab ich einen Tipp ab.

Sie spannte den Revolver und zielte auf meine Stirn. Ich schloss die Augen und hielt Kassandras Hand so fest ich konnte.

»Bis gleich«, verabschiedete ich mich von meiner Assistentin.

Dann hörte ich den Schuss und sackte auf den Boden.

Aus einer anderen Welt vernahm ich, wie im selben Augenblick die Eingangstür aufgerissen wurde und die Uschi am Rücken streifte. Der Polizeiobermeister Gabriel stand in der Türe. Zur großen Überraschung aller, mich eingeschlossen.

Weil ich die Augen kurz geschlossen hatte, musste ich die Geschehnisse rekonstruieren: Uschi war gestolpert, hatte geschossen, war dann wie ich zu Boden gefallen. Kassandra hatte sich geistesgegenwärtig auf sie gestürzt und ihr die Magnum entrissen.

Und ich? Ich hatte auf dem nackten Steinboden gelegen, den Fährmann über den Inn, sprich: Hades, schippern gesehen und endgültig Abschied vom Leben genommen.

24

»Watzmann?« Ich hörte Kassandra meinen Namen sagen. Aus ihrem Mund schmeckte er wie Manna. Ich glaubte mich im Himmel. Bei den Engeln. Im Elysium. »Sherlock?« Das war Gabriel. Das konnte unmöglich der Himmel sein. Ich ärgerte mich, wollte schimpfen. Dann fiel mir auf, dass ich noch lebte. Ich erhob mich vom kalten Boden, blickte zuerst in die Augen von Kassandra, die mich umarmte, dann an mir herunter. Ich betastete meinen Körper. Wo war die Kugel eingeschlagen?

»Sie hat vorbeigeschossen«, erklärte meine Assistentin den Stand der Dinge.

Sie hat vorbeigeschossen? Ich zögerte, biss mir in den Zeigefinger. »Aua«, schrie ich und wusste im selben Augenblick, dass ich noch lebte. »Sie hat vorbeigeschossen.« Ich jubelte wie nach meinem Siegtreffer gegen Ampfing. Vor Kassandras, Gabriels und Uschis Augen wagte ich sogar ein kleines Freudentänzchen. Dabei umarmte ich abwechselnd Kassandra und den Polizisten. Selbst Uschi schloss ich für einige Sekunden in die Arme, bis mir wieder einfiel, dass sie zu den Bösen gehörte.

»Sorry«, sagte ich.

Sie spuckte nicht ganz ladylike vor mir aus. Die Präsidentin hatte offenbar zu viel Zeit auf dem Fußballplatz verbracht.

Gabriel legte sie in Ketten, sprich: Handschellen. Und mit Handschellen kannte sie sich aus, die Uschi. Wenn auch in anderem Zusammenhang.

»Woher wusstest du?«, fragte ich meinen Erzengel.

»Deine Sekretärin hat bei mir angerufen.«

Die beste Julia aller Zeiten. Ich frohlockte: »Hallejulia.«

Die Stimmung war sehr ausgelassen. Und ich hatte immerhin schon diverse Gläser Rotwein, ein paar Schnäpse und einen Schluck Bier intus. Dafür hielt ich mich, wie ich immer noch finde, beachtlich.

Erst jetzt fiel mir auf, dass Gabriel wieder seine grüne Uniform trug. Ich überlegte. »Hatten sie dich nicht zur Kriminalpolizei versetzt?«

»Zuerst schon. Aber es gab Probleme mit dem Beamtenrecht. So einfach geht das angeblich nicht, hat der Polizeipräsident geschimpft. Ich müsse Kurse besuchen. Und überhaupt fehlt auf einmal eine entsprechende Planstelle. Frag nicht weiter, Watzmann«, sagte der Polizeiobermeister traurig.

Dann setzte er die Uschi, die sich gegen ihre Verhaftung mit Händen und Füßen, Fingernägeln und Fußtritten wehrte, auf den Rücksitz seines Wagens und fuhr sie zur Polizeiinspektion, von wo aus er die Kriminalkommissare Valentin und Rossi verständigte.

»Fall gelöst«, meldete er stolz. »Sie können die Mörderin bei mir abholen.«

Bis weit in den Morgen saßen Julia, Kassandra,

Gabriel, Bruno und ich an diesem frühen Samstag noch auf meiner Dachterrasse und feierten unseren Sieg gegen die Mächte des Bösen, wie wir uns ausdrückten. Ich stellte meinen besten Rotwein zur Verfügung, und Bruno organisierte aus seiner Küche Brot, Oliven und Käse.

Ich berichtete Gabriel, was ich im Laufe meiner Ermittlungen über den Präsidenten herausgefunden hatte. Dass dieser zwar kein Mörder sei, sich aber trotzdem strafbar gemacht habe. Gabriel versprach, entsprechende Schritte zu unternehmen.

Die Ermittlungen gegen den Präsidenten wegen des Verdachts der Hinterziehung von Lohnsteuer- und Sozialversicherungsabgaben und der Beihilfe zum Verstoß gegen das Ausländergesetz sollten jedoch im Sande verlaufen und schließlich ergebnislos eingestellt werden. Stefan A. Schwarz konnte dem Staatsanwalt glaubhaft machen, dass er von derartigen Machenschaften weder etwas gewusst habe noch daran beteiligt gewesen sei. Aufgrund des unübersichtlichen Geflechts an Subunternehmen und Sub-Subunternehmen kapitulierten die Behörden trotz großer Anstrengungen. Die Verlobung mit Uschi Brandner löste der Präsident noch am Tag ihrer Verhaftung. Nicht einmal für den Rechtsbeistand wollte er noch zahlen.

Die Waldsiedlung wurde vom Rosenheimer Landratsamt aufgelöst, die Rumänen in ihre Heimat zurückgeschickt. Wahrscheinlich sind viele von den Waldbewohnern mittlerweile schon wieder zurück in Deutschland. Als Reinigungskräfte, Bauarbeiter oder Bettler in der Münchner Innenstadt.

Als die Partystimmung auf meiner Terrasse gerade

ihren Höhepunkt erreichte, die Nachbarn mit der Polizei drohten, die in Person des Obermeisters aber bereits anwesend war, und ich – beflügelt vom Alkohol – in Versuchung geriet, Kassandra zu küssen, erinnerte Bruno an den Karpaten-Ronaldinho.

Ach du Schande, formulierte ich sinngemäß auf Bayerisch. »Den habe ich vergessen.«

»Und jetzt?«, fragte Kassandra.

»Der muss heute Nachmittag spielen«, sagte Gabriel.

»Sonst verlieren wir«, wusste sogar Julia, die sich sonst nicht sonderlich für Fußball interessierte.

»Ich rufe sofort an«, sagte ich und wählte die Nummer von Ions Anwalt. »Entschuldigen Sie die frühe Störung«, entschuldigte ich mich bei Dr. Eder. »Sie müssen Ion Ionesco aus dem Gefängnis holen. Wir haben jetzt den Mörder.«

Am anderen Ende der Leitung herrschte Stille. Ich glaubte, der Herr Anwalt mache einen Luftsprung. Stattdessen aber fragte er, ob ich es denn noch nicht wisse.

»Was?«, fragte ich.

»Herr Ionesco hat sich letzte Nacht in seiner Zelle erhängt.«

25

Die Stimmung in der Kabine glich nicht gerade der vom Karneval in Rio. Betretene Gesichter, niedergeschlagene Mienen. Einige weinten. Der Schweighofer Alois hatte mich gebeten, der Mannschaft das Ermittlungsergebnis in kurzen Worten zu eröffnen. Im Wesentlichen beschränkte ich mich auf zwei Dinge. Erstens: »Die Präsidentin ist als Mörderin von Rudi Pasolini überführt. Tatmotiv: Rache, Eifersucht und Eitelkeit. Wie ihr wollt. Sie hat den Rudi bis zu meinem Haus verfolgt, wo sie ihm im Aufzug ein Messer ins Herz gerammt hat.« Zweitens: »Der Karpaten-Ronaldinho hat sich in seiner Gefängniszelle letzte Nacht aufgehängt. Im Abschiedsbrief hat er geschrieben, dass er nicht länger leben will, weil es keinen Sinn mehr hat.« Jetzt rangen fast alle meiner Fußballerkollegen mit den Tränen, schüttelten ihre teuer frisierten Häupter. »Die Präsidentin hat ganze Arbeit geleistet«, sagte ich. »Läbbe geht weiter«, zitierte Alois einen ehemaligen jugoslawischen Fast-Meistertrainer der Frankfurter Eintracht und versuchte ein Lächeln, an dem er scheiterte.

Nichtsdestotrotz mussten wir unbedingt einen Sieg

einfahren. »Drei Punkte sind Pflicht, Männer«, gab unser Trainer die Parole für das Spiel gegen den Sportbund aus. »Für Ronaldinho!« Es war unnötig hinzuzufügen, dass im anderen Fall der Abstieg nicht nur drohte, sondern feststand. Der Titel des Spiels lautete demnach: Die oder wir. Einer von beiden fährt Aufzug. Nach unten.

Obwohl am Morgen noch die Sonne vom Himmel gebrannt hatte, goss es mittlerweile in Strömen: Fritz-Walter-Wetter. Wie vierzehn Tage zuvor. Ich mag es, wenn es regnet, quasi Dusche. Das erfrischt die müden Glieder. Alois beschwor kurz vor dem Anpfiff im Kabinengang den Mannschaftsgeist und sang den Udo-Lattek-Gedächtniskanon: »Ärmel aufkrempeln, Gras fressen, Drecksau sein.« Wir verstanden, hatten vom Feeling her ein gutes Gefühl. Und wollten für Ronaldinho gewinnen.

»Gulasch und Bommel spielen im Sturm«, verkündete der Schweighofer Alois die Aufstellung. Mein Name fehlte auf der Liste. »Du nimmst auf der Bank Platz, Watzmann.« Ich gebe zu, ich war ganz schön beleidigt. Nichts gegen den Gulasch und den Bommel, aber in so einem wichtigen, um nicht zu sagen, alles entscheidenden Spiel darfst du doch keine Zwanzigjährigen in die Spitze schicken. Der Alois hat ja keine Ahnung, zog ich meine eigenen Schlüsse. Vielleicht täte ein neuer Trainer wirklich Not. Ich nahm mir vor, bei Gelegenheit diesbezüglich beim Präsidenten vorzusprechen. Zunächst aber mussten die Jungs den Klassenerhalt sichern.

Ich ließ mir die Enttäuschung nicht anmerken und nahm, ohne zu murren, auf der Auswechselbank

Platz, von wo aus ich den Einlauf unserer elf wackeren Helden ins vollbesetzte Stadion neben dem Freibad verfolgte. Die Tribüne war eingetaucht in ein Meer aus Flaggen. Zwei Farben: Rot und Weiß. Neben mir machte es sich das Vereinsmaskottchen bequem – der Wasserburger Löwe mit Trikot, aber ohne Hose. Schwamm drüber.

Unter dem Jubel der Zuschauer, sprich: Massen, pfiff der Schiri um halb vier Uhr die Partie nach einer Gedenkminute an. Die Zuschauer entrollten Transparente mit dem Konterfei des echten und des Karpaten-Ronaldinho. Es sollte ein Grottenkick werden.

Als Fan brauchst du die miesen Spiele. Aber als Ersatzspieler fühlte ich mich sehr hilflos. Es ist ehrlich gesagt sogar ein Scheißgefühl, machtlos zusehen zu müssen, wie die Mitspieler nicht tun, was der Trainer ihnen eingeschärft hat: »Aggressiv in die Zweikämpfe gehen! Über außen spielen! Nicht alle paar Sekunden die Stutzen hochziehen.« Und was tun meine Kameraden auf dem Platz, der wegen des sich entladenden Sommergewitters samt Schauer schon nach wenigen Minuten aussah wie ein Schlachtfeld? Gehen nicht aggressiv genug in die Zweikämpfe. Spielen nicht über außen. Ziehen sich alle paar Sekunden die Stutzen hoch. Bis über die Knie.

Zur Halbzeit lagen wir verdient eins zu null im Rückstand.

Die Minuten vergingen. Eine Viertelstunde vor Schluss – der Alois war mittlerweile heiser vom Schreien, konnte kein Wort mehr sagen, lehnte apathisch an der Trainerbank, während das Unheil, das Unvermeidliche, der Abstieg, sein Rauswurf heraufzog – signalisierte ich dem Linienrichter einen Spielertausch.

Ich wechselte mich selber ein, wie Günter Netzer damals für Gladbach im Pokal, und nahm den Bommel dafür vom Feld. Auf Höhe der Mittellinie forderte ich den Ball, dribbelte zwei Gegenspieler mit einer einfachen Körpertäuschung aus, spielte auf den Flügel, lief hinter meinem nun ballführenden Mitspieler die Außenlinie entlang, forderte den Ball zurück, Gulasch spielte steil, ich zog von rechts außen nach innen, tunnelte den Verteidiger der Rosenheimer und hielt aus zwanzig Metern einfach drauf.

Das Ding schlug im Dreieck ein, der Torwart hatte keine Chance. Ich drehte ab, lief in Richtung Tribüne, legte den rechten Zeigefinger auf die Lippen, klatschte meine Kameraden von der Auswechselbank ab und warf Küsschen ins Publikum. Mittendrin statt nur dabei stand irgendwo Kassandra.

In der Folge vergab ich noch die eine oder andere Großchance. Der Gegner war nun stehend k.o. Wir spielten ihn an die Wand, zwangen ihn zu Fehlern. Die Gangart wurde dadurch rauer. In der achtundachtzigsten Minute flog der Rosenheimer Kapitän vom Platz: rote Karte. Die Häme unseres Publikums war gewaltig. Trotzdem blieben nur noch zwei Minuten, um den Siegtreffer zu markieren. Wir warfen alles nach vorne, sogar unser Torwart tänzelte am Strafraumeck des Gegners. Etwas Zählbares sprang dabei nicht heraus. Drei Minuten Nachspielzeit, entschied der Unparteiische.

Einundneunzigste Minute, zweiundneunzigste Minute. Der Sportbund verteidigte mit Mann und Maus das Unentschieden. Dreiundneunzigste Minute. Der Schiri blickte auf die Uhr: letzter Angriff. Ich kämpfe mich mit dem Ball durch die Abwehrreihen, verliere unterwegs im Getümmel das Leder, habe es plötzlich wieder am Fuß, hole aus, will abziehen – Blutgrätsche.

Ich lag ausgestreckt am Boden und schrie, unser Spieß bei der Bundeswehr war eine Kompaniemutter dagegen. Der Schiri zögerte einen Augenblick und pfiff dann doch Elfmeter. Das Publikum raste, tobte, sang die Vereins- und Bayernhymne. Auf den Sitzen hielt es schon längst niemanden mehr. Watzmann-Watzmann-Sprechchöre erfüllten das kleine Stadion. Ich genoss die Anfeuerung, während der Vereinsarzt mit Eisspray mein Schienbein kühlte.

Im Fußball gibt es eine Regel: Der Gefoulte schießt nie selber den Elfmeter. Ich mag Regeln. Sie geben Halt und Sicherheit im Leben. Trotzdem schnappte ich mir die Kirsche.

»Letzte Aktion«, sagte der Schiedsrichter. Ich nickte. Er pfiff. Im Stadion herrschte nun absolute Stille. Der Präsident stand an der Seitenlinie, Tatjana neben ihm, ein Bündel Fünfhunderter in der Hand. Ich konzentrierte mich, beobachtete aus den Augenwinkeln den Torwart, lief an und drosch drauf.

Rückblick: Europameisterschaftsendspiel 1976 gegen die ČSSR. Der spätere Bayern-Manager Hoeneß jagt das Spielgerät in den Belgrader Nachthimmel. Um die Sache abzukürzen: Auch mein Ball wurde nie gefunden. Der Schiri pfiff ab. Endstand: unentschieden. Wir abgestiegen.

Mit gesenkten Häuptern schlichen wir vom Platz, während unsere Gegner mit ihren Fans Freudentänze wagten, überdimensionierte Weißbiergläser füllten und sich damit gegenseitig duschten.

Auf dem endlos langen Weg in die Kabine begleiteten mich Buhs und Pfiffe. Ich hätte auf der Stelle losheulen können, wenn das einem echten Fußballer nicht unwürdig gewesen wäre. Stattdessen beschloss ich, mit sofortiger Wirkung meine Fußballer-Karriere zu beenden und die Treter wieder an den Nagel zu hängen, wo sie offenbar auch hingehörten. Eine Laufbahn im Trainerstab oder Management des TSV kam nicht mehr in Frage. Ich bin und bleibe Detektiv, beschloss ich. Von mir aus auch einer für die großen Fälle.

Jetzt aber brauchte ich ganz dringend wieder meine Ruhe. Die vergangenen Wochen waren Stress genug gewesen. Ich sehnte mich nach einer heißen Dusche und den Armen der Netrebko, wahlweise auch denen von Kassandra.

Ein aufgebrachter Fan im zerrissenen TSV-Dress riss mich aus dem Tagtraum. »Du bist Deutschland«, brüllte er aus voller Kehle und präsentierte seinen Mittelfinger. »Der Deutsche ist kein Brasilianer«, hielt ich dem Dressman im Eifer des Gefechts entgegen.

Der Rest ist Schweigen.

Arne Dahl
Rosenrot
Kriminalroman. Aus dem Schwedischen von Wolfgang Butt. 400 Seiten. Piper Taschenbuch

Dag Lundmark war Leiter der rasch und effektiv durchgeführten Razzia. Winston Modisane mußte dabei sterben – aber war der Tod des Südafrikaners wirklich unvermeidlich? Paul Hjelm und Kerstin Holm ermitteln in einem Fall, der im Milieu illegaler Einwanderer beginnt und in der trügerischen Idylle eines schwedischen Sommers atemlos endet. Ein Fall, der mehr mit ihnen selbst zu tun hat, als sie wahrhaben wollen ...

»Der schwedische Bestsellerautor Arne Dahl zählt unbestritten zu den Größten seines Fachs: Seine Thriller sind nicht nur packend, sondern auch modern, international und sensibel.«
Iris Alanyali, Die Welt

Anne Holt
Was niemals geschah
Kriminalroman. Aus dem Norwegischen von Gabriele Haefs. 384 Seiten. Piper Taschenbuch

Eine beliebte Talkmasterin wird mit gespaltener Zunge tot aufgefunden, eine junge Politikerin hängt gekreuzigt an der Schlafzimmerwand: Sorgsam inszenierte Ritualmorde, die es in der Vergangenheit schon einmal gegeben hat – wieder beginnen Kommissar Yngvar Stubø und die Profilerin Inger Vik fieberhaft zu ermitteln. Doch was, wenn der Mörder ein raffiniertes Spiel spielt und kein herkömmliches Motiv vorhanden ist? Ein meisterhafter Thriller, in dem Anne Holt die Abgründe menschlicher Eitelkeiten erkundet.

»Lange nicht hat das Rätselraten um die (perfide) Lösung so düster gekitzelt.«
Westdeutsche Allgemeine

Stephenie Meyer
Biss zum Morgengrauen
Roman. Aus dem Amerikanischen von Karsten Kredel. 512 Seiten.
Piper Taschenbuch

»Es gab drei Dinge, deren ich mir absolut sicher war: Erstens, Edward war ein Vampir. Zweitens, ein Teil von ihm – und ich wusste nicht, wie mächtig dieser Teil war – dürstete nach meinem Blut. Und drittens, ich war bedingungslos und unwiderruflich in ihn verliebt.« Edward bestimmt bald Bellas Leben, doch damit schwebt sie fortan in ständiger Gefahr ... Die Geschichte von Edward und Isabella begeisterte auf Anhieb weltweit und wurde ein internationaler Bestseller. Stephenie Meyers Debüt ist so romantisch wie spannend und fesselt bis zur letzten Seite.

»Ein Schmöker zum Träumen und Schwärmen.«
Der Tagesspiegel

Marina Heib
Eisblut
Thriller. 304 Seiten.
Piper Taschenbuch

Schnittverletzungen am ganzen Körper und Salz in den Wunden: Uta Berger ist das erste von drei Opfern, die vor ihrem Tod offensichtlich grausam gefoltert wurden. Die Zeit drängt, denn der Täter geht mit größter Akribie und Intelligenz vor. Und seine Motive zu verstehen, scheint der einzige Schlüssel zur Lösung des Falls. Daher ziehen die Hamburger Sonderermittler um Christian Beyer auch in diesem Fall die Psychologin Anna Maybach hinzu.

»Höchst unterhaltsam. Mit den vielen verschiedenen Handlungssträngen und Verdachtsmomenten gehört der Krimi zu den besten seiner Art.«
Heidelberg aktuell